Best Time

白马时光

人生一直在告别

王臣　著

江苏凤凰文艺出版社
JIANGSU PHOENIX LITERATURE AND
ART PUBLISHING

图书在版编目（CIP）数据

人生一直在告别 / 王臣著. -- 南京 : 江苏凤凰文艺出版社, 2022.7
ISBN 978-7-5594-6923-6

Ⅰ. ①人… Ⅱ. ①王… Ⅲ. ①传记文学－中国－当代 Ⅳ. ①I25

中国版本图书馆CIP数据核字(2022)第108194号

人生一直在告别

王臣 著

出版统筹 李国靖
特约监制 朱 敬
责任编辑 周颖若
特约编辑 杨 萌
出版发行 江苏凤凰文艺出版社
南京市中央路165号，邮编：210009
网 址 http://www.jswenyi.com
印 刷 天津融正印刷有限公司
开 本 880毫米×1230毫米 1/32
印 张 7.75
字 数 160千字
版 次 2022年7月第1版
印 次 2022年7月第1次印刷
书 号 ISBN 978-7-5594-6923-6
定 价 58.00元

序　一些人，一些事

这一系列的小书写得缓慢。

慢到，曾以为写完它是一件遥遥无期的事。可是，一日一日过去，当写完卓别林的时候，我突然有点难过。我知道，一册书写完了。昔日，每一次写作的结束都令我如释重负，这一次不同。从奥黛丽 · 赫本到查理 · 卓别林，从可可 · 香奈儿到玛丽莲 · 梦露，从顾城到李叔同，一篇文章便是一次相遇。

每一次相遇，都令人雀跃又感伤。

几日前，朋友给我推荐了一部英剧 *Urban Myths*。中文译名应当叫“都市神话”或者“都市传说”，每一集讲述一个文艺界名人的生活故事或是人生侧影。有音乐人鲍勃 · 迪伦，有作家塞缪尔 · 贝克特，有画家萨尔多瓦 · 达利，还有好莱坞男演员加里 · 格兰特，等等。这与我创作这一系列小书的初衷，算是有异曲同工之处。

我曾在电影《王牌特工 2：黄金圈》中看到了哈利 · 贝瑞。虽然哈利 · 贝瑞的镜头一闪而过，但是她的代表作《飞越星河梦》重又浮现脑中。这是一部传记电影，讲述了好莱坞史上首位入围奥斯卡的黑人女演员多萝西 · 丹德里奇的故事。当年，电影最大的卖点就是哈利 · 贝瑞。她正是第一位奥斯卡黑人影后。

改日，定要写多萝西·丹德里奇。

之所以迷恋旧人、旧事，是因为真实的岁月比虚构的人生更加动人。也许，还因为自己有一颗不够欢悦的心。一直期盼此生能过得举重若轻，安安静静，与世无争。可是，日常所遇之艰辛、困阻，对当下的你我来讲，又总令人疲惫、沮丧。当你遇见他们，你会发现，他们所经历的比你我所面对的，要沉重百倍。

可是，他们依然活得举世无双。

起码，这一点安慰了我。生活，从来不会真正地山穷水尽。你以为的绝壁悬崖，或许只是迷象、幻觉。静一静，停一停，再抬头去看，再迈步往前。不是年幼的时候，就知道“山重水复疑无路，柳暗花明又一村”了吗？怎么如今又忘了？你所体尝过的，都是你的宝藏。你不用相信我，但要相信自己。

我也曾有过一刹生机勃勃的念头。

是想要自己也过得像他们一样无可替代，不仅仅只是害怕被人遗忘？我是不大愿意面对自己内心的人。那里，有太多的动荡、不安、惶惑、惆怅和慌张。因此，我从来不愿意承认我对一个人的痴迷和在意，也不愿意触摸我与一个人的羁绊和联结。仿佛独来独往，才是我想要的。

当然不是。

凡胎肉身之下，我也只有一颗庸常的心。我一点也不特别。没有超脱的慧根，没有恰好的际遇，没有完美的履历，没有无伤的曾经。有的，只是故作冷漠的眼神和万事不关心的表情。然而，背过身去，我又是那样渴望有一个人叫住我，不管不顾地叫住我。

承认自己会有孤独的夜晚。
承认自己会有脆弱的心房。
承认自己会有被爱的欲望。
承认自己也有住进另一颗心的梦想。

平凡如我，哪里来的勇气和资本，佯装桀骜不驯、孤子难遇呢？MJ（迈克尔·杰克逊），他都愿意在温弗瑞·奥普拉的面前哭上一场。我们又有何不可呢？正如三毛说的，想笑就笑，想哭就哭。

他们的苦难，让我学会无忧不惧。
他们的脆弱，让我看到自己的心。

你想被人记得吗？
你想被爱吗？

亲爱的，大方承认吧。

王臣

人生一直在告别

CONTENTS 目录

01

李叔同

长亭外，古道边，芳草碧连天

2006年，陈绮贞发表了一张迷你专辑《快乐的夏天》。其中，有一首歌叫《送别》。当年，陈绮贞的歌迷遍布大江南北，传唱度高的作品不胜枚举，而我独爱那一首《送别》。不久之后，我开始写作，在处女作当中，也曾提过《送别》。2013年，管虎的电影《厨子·戏子·痞子》中再现《送别》。

电影令人印象深刻。除此之外，最难忘的便是朴树为电影唱的《送别》。较之于当年陈绮贞的版本，朴树演绎出来的味道更合乎当下听到的心情。他唱："问君此去几时还，来时莫徘徊。"纯净，缓慢，深沉，温柔，又有零星的伤感，似乎还有点别的什么。

对，他令我想起李叔同。

1880年10月23日，李叔同出生于天津桐达李家。李家世代经商，家境殷实。父亲李世珍，字筱楼，以字行世，1865年的进士。李世珍曾入仕为官，官至吏部主事，后子承父业，隐退经商。李家一度是津门巨富。李筱楼妻妾四人，姜氏、张氏、郭氏，以及唯一留下名字的女人——李叔同的生母，四姨太王凤玲。

虽是庶出，但李筱楼老来得子，李叔同十分得宠。李家家境殷实，可子嗣不旺。王凤玲嫁过来的前两年，李家长子英年早逝。此时，李筱楼已67岁，长子的生母姜氏亦已老去。二姨太张氏所生的次子身体孱弱，三姨太郭氏无所出。故而，李叔同的出生成了李筱楼晚年最大的慰藉。

出生之日，李家举家大喜。李筱楼给幼子取名李文涛，字息霜，乳名成蹊。语出《史记》"桃李无言，下自成蹊"。世事有因循。李叔同的父母都笃信佛教，饱读经史子集的李叔同，最感兴趣的也是佛学。小时候，他常常学僧人模样，披着夹被或床罩，在屋中的炕上自娱。正是，幼童纯真，世事懵懂。

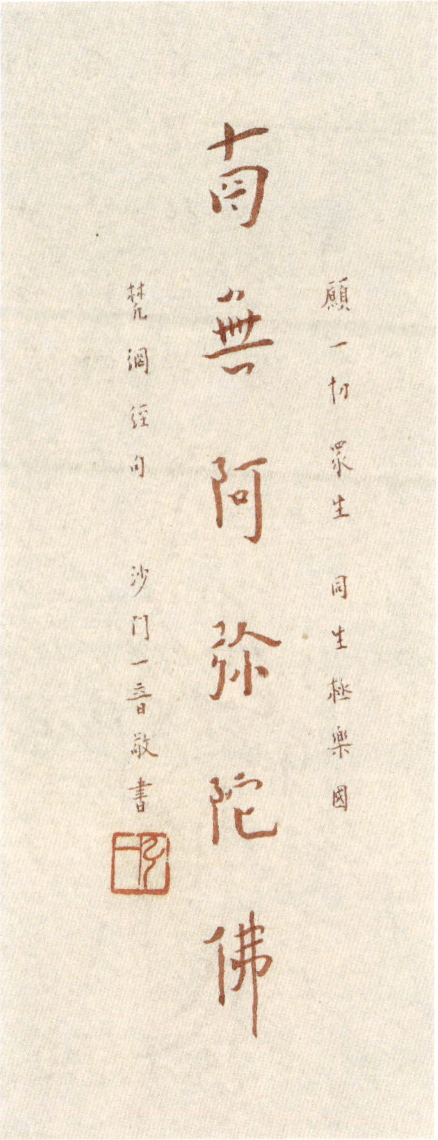
願一切衆生 同生極樂國
南無阿彌陀佛
梵網經句 沙門一音敬書

期於六万歲
有緣皆拯濟
誰不起欣樂
常供養三寶
沙门善思

李叔同5岁那年，父亲去世。王凤玲与李叔同母子二人的生活便与往日不同。封建社会，庶出的李叔同和身份卑微的母亲，失去了父亲的庇护，在李家这样一个大家族里难免处境尴尬。好在母子羁绊甚深，相依为命，日子平顺。1897年，18岁的李叔同在母命之下，迎娶茶商之女俞氏为妻。

李叔同自画像

也是那时，李叔同开始学习音乐和作曲。毕竟是李家公子，他也曾游戏人间，过了几年放浪的生活。后来，他考入上海南洋公学“经济特科”，师从于蔡元培，同窗多是少年才子，有黄炎培、邵力子、谢无量。这一年，他22岁。

在母亲面前，李叔同是一个可以无忧无虑的孩子。世上风花雪月，见惯了，也不过如此。回头一看，母亲仍在，这才是李叔同年轻的生命当中最重要的精神皈依。可他忘了，有一日，他的母亲也避不开生老病死。1905年3月10日，王凤玲去世。许是那时，他明白了一些什么。

比如，世事无常。
比如，世相虚妄。
比如，世心无挂。

母亲去世之后，李叔同携眷护柩，回到天津。那时，他已成为父亲，有两个儿子。在天津安置好妻儿之后，他决定东渡日本。母亲不在了，仿佛连同母命之下与俞氏的婚姻，也与从前不可同日而语。又或者，娶俞氏为妻，原本也只是因着自己对母亲的一颗极孝之心，并无其他。

如今，他是想要与过往疏离了。

是年，李叔同考入东京上野美术专门学校，研习西洋油画。当时有30人报考，只录取5人。录取的5人当中，只有李叔同和曾孝谷两名中国人。在东京，李叔同剪掉了旧日长辫。三千发丝三千烦恼，也不知是有心还是无意，他一点一点，变得身在红尘中，心在红尘外。

只有深刻经历过，才能彻底放下。

东渡日本时期，李叔同在美术、音乐、话剧等各方面皆有造诣。学习西洋油画，避不开人体写生。因此，他与当时的房东之女（真名不详）也发生了一段旷世之恋。那个年代，人体模特难寻。为了画画，李叔同只能向房东之女求助。不料，她未有迟疑，答应得爽利。

也许，是命定的缘分。可能，她对李叔同早已情意暗生，只是胆怯，不敢言语。这一回，他来找她帮忙，她哪有不应之理。李叔同与日本女子的这一段恋情长达6年。她成为李叔同在异国他乡唯一的精神慰藉。后来，李叔同回国，日本女子跟随在侧，成了李叔同背后有名无分的女人。

李叔同行书格言四屏

1906 年，身在日本的李叔同编写了《音乐小杂志》，在东京印刷，在上海发行，成为中国第一份音乐类杂志。同年，他还与同窗创办了中国第一个话剧团“春柳社”。当年，为了排演话剧《茶花女》，李叔同倾尽全力，甚至亲自反串出演茶花女玛格丽特一角。他剃胡、节食、束腰，还请来了日本戏剧泰斗藤泽浅二郎担任导演。

1911 年 3 月，李叔同携日本女子一起回国。回国之后，世事风起云涌，桐达李家乱中破产。李叔同开始自食其力，他曾担任过《太平洋报》的主编兼主笔。其间，他也当了一名教师，先后在天津直隶高等工业学堂、上海城东女学、浙江两级师范学堂任教，教授美术或者音乐。

丰子恺，便是他的学生。

丰子恺回忆恩师时，曾说："高高的瘦削的上半身穿着整洁的黑布马褂，露出在讲桌上，宽广得可以走马的前额，细长的凤眼，隆正的鼻梁，形成威严的表情。扁平而阔的嘴唇两端常有深涡，显示和蔼的表情……李先生端坐着。坐到上课铃响起，他站起身来，深深地一鞠躬，课就开始了。"

上课时，他总会事先在黑板上写好课堂上所需要的内容。虽然他为人温和，但是课堂气氛仍然严肃。对待教学，他井井有条，一丝不苟。有学生犯错，他不会立刻责罚，等到下课，待其他学生离开之后，他才会轻声将犯错的学生留下，留足情面。他指出他们的过失，说完还会起身向学生深鞠一躬。

为人处世，恂恂如也。

那年冬天在上海，李叔同好友许幻园来找他。在李叔同的住处外，许幻园大喊李叔同的名字。李叔同连忙来见，不料许幻园说，许家和李家一样，也已破产，他要离开上海，特来与李叔同告别。雪很大，李叔同目送雪中好友离去的孤影，心中慨然。此情此景，令李叔同写出了那一首传世的《送别》。

长亭外，古道边，芳草碧连天。
晚风拂柳笛声残，夕阳山外山。
天之涯，地之角，知交半零落。
一壶浊酒尽余欢，今宵别梦寒。

这首歌，词出李叔同之笔，曲子来自 19 世纪末美国作曲家奥特威（John P. Ordway）的《梦见家和母亲》（*Dreaming of Home and Mother*）。这支曲子，曾被日本诗人犬童球溪填词创作成日文版歌曲《旅愁》。李叔同便是在《旅愁》的基础之上创作出《送别》的。一首《送别》，道尽人世之离散与世情之无常。

1918 年，正月，李叔同 38 岁。这一年，他做了一个令人震惊的决定。他把平生所藏大半的西洋油画和美术书籍，送给了北京美术学校；把平生自刻和友人刻赠的 93 枚印章，赠予杭州西泠印社；把平生收藏的字画悉心装裱后，送给了友人夏丏尊；把平生集纳的音乐和书法作品，送给了学生刘质平。

最后，他带着几件粗布衣裳，两本佛典，竹杖芒鞋，来到杭州大慈定慧禅寺，剃度出家。法名演音，号弘一，在灵隐寺慧明法师座下受具足戒。那一天，农历七月十三，是大势至菩萨的诞辰之日。李叔同出家的决定，令他的两个女人，家妻俞氏与日本女子肝肠寸断。刹那间，她们爱过的李家公子消失不见。

谁能料到？
曾经鲜衣怒马的富家少爷，会弃绝红尘。
昔日指尖生花的一代才子，会抛书掷画。

然而，他做了。

锦衣玉食，他有过。
世事繁艳，他见过。
爱之旖旎，他历过。

相传，日本女子曾追至西子湖畔问过他，爱是什么？弘一法师说，爱就是慈悲。告别的时候，弘一法师送了她一块手表，让她回日本重新过属于她自己的生活。可生活是什么？你不在，哪里还有生活？据说，就此一别，日本女子再无音讯，余生他们未再相逢。连发妻俞氏去世，他也未再出现。

他把前半生给了红尘细软。
他把后半生给了佛典梵音。
他把是是非非交给了尘埃。

他的一生一世恰如他所写：悲欣交集。

1942 年 10 月 13 日，62 岁的弘一法师于温陵养老院圆寂。

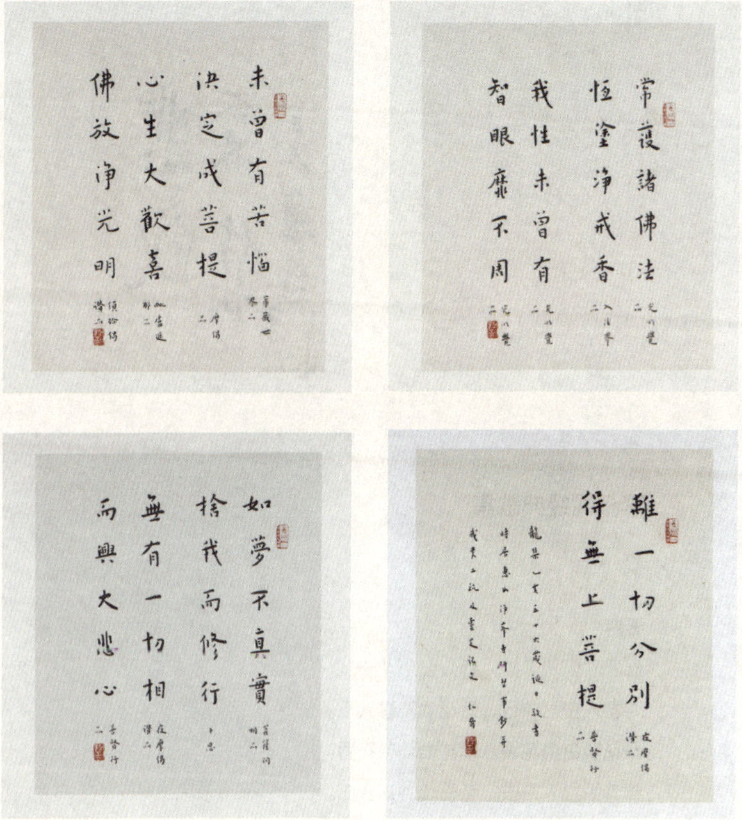

李叔同书法册页

附

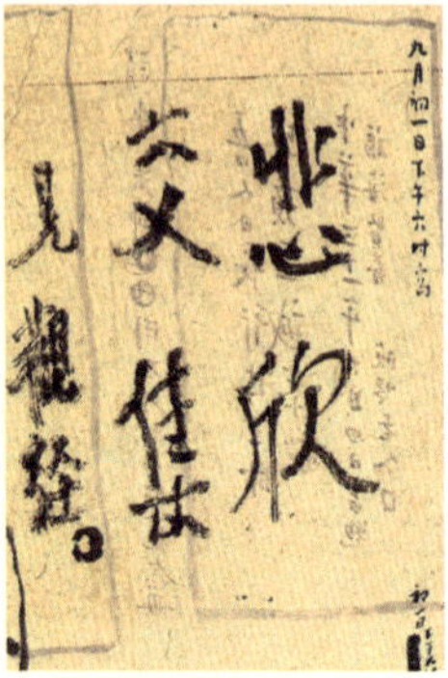

李叔同经典歌集

春游

春风吹面薄于纱，春人装束淡于画。
游春人在画中行，万花飞舞春人下。
梨花淡白菜花黄，柳花委地芥花香。
莺啼陌上人归去，花外疏钟送夕阳。

忆儿时

春去秋来，岁月如流，游子伤漂泊。
回忆儿时，家居嬉戏，光景宛如昨。
茅屋三椽，老梅一树，树底迷藏捉，
高枝啼鸟，小川游鱼，曾把闲情托，
儿时欢乐，斯乐不可作。
儿时欢乐，斯乐不可作。

早秋

十里明湖一叶舟，城南烟月水西楼，
几许秋容娇欲流，隔着垂杨柳。
远山明净眉尖瘦，闲云飘忽罗纹绉，
天末凉风送早秋，秋花点点头。

悲秋

西风乍起黄叶飘，日夕疏林杪。
花事匆匆，梦影迢迢，零落凭谁吊。
镜里朱颜，愁边白发，光阴催人老。
纵有千金，纵有千金，千金难买年少。

长逝

看今朝树色青青，奈明朝落叶飘零。
看今朝花开灼灼，奈明朝落红漂泊。
惟春与秋其代序兮，感岁月之不居。
老冉冉以将至，伤青春期长逝。

冬

一帘月影黄昏后，疏林掩映梅花瘦。
墙角嫣红点点肥，山茶开几枝？
小阁明窗好伴侣，水仙凌波淡无语。
岭头不改青葱葱，犹有后凋松。

清凉

清凉月，月到天心，光明殊皎洁。
今唱清凉歌，心地光明一笑呵。
清凉风，凉风解愠，暑气已无踪。
今唱清凉歌，热恼消除万物和。
清凉水，清水一渠，涤荡诸污秽。
今唱清凉歌，身心无垢乐如何。
清凉，清凉，无上究竟真常。

02

威廉·莎士比亚

如何假装你懂一点莎士比亚

1995 年，大众开始认识凯文 · 史派西。

他在电影《七宗罪》里的表演，惊艳了世人。当时，布拉德 · 皮特正值表演巅峰，但依然敌不过凯文 · 史派西在镜头当中的精湛表演，凯文 · 史派西炉火纯青之演技毋庸置疑。

我对他的关注，延伸到近年他主演的美剧《纸牌屋》。凭此，他拿到了金球奖最佳男主角。其实，我要说的不是凯文 · 史派西，要讲的是莎士比亚。将他们两人联结到一起的，正是美剧《纸牌屋》。这部剧的原著便是受启发于莎士比亚的名作《麦克白》。

你一定看过电影《不羁的天空》，基努 · 里维斯参演其中。电影《黑客帝国》让他声名大噪。可是，我最爱的仍是他在《不羁的天空》里演的斯考特，一度让他难以超越自己。我从来不会把这部电影和莎士比亚联系在一起。可是，10 年之后，我才发现它竟也是由莎士比亚的《亨利四世》改编而成的。

1564 年 4 月 23 日，威廉 · 莎士比亚出生在英国埃文河畔的小镇斯特拉福德，他也在那里长大。他令当年这座无人问津的小镇闻名世界。他的父亲叫约翰 · 莎士比亚，母亲叫玛丽 · 阿登。两人有 9 个孩子，莎士比亚排行第三，可惜前两个孩子早夭，他成了家中“长子”。

约翰是个商人，经营一些羊毛、皮革与谷物贩售的生意，家境还算富裕。无奈后来破产，莎士比亚也只能辍学。很多人不知道，一代文豪莎士比亚的学历极低。他只在家乡一个文法学校读了 6 年。后来，他的低学历一直成为出身牛津、剑桥的剧作家的话柄。

思想伟大的人，会被思想最渺小的人打倒，
即便如此，你也要胸怀大志。
花费多年建造的东西，可能会在一夜之间
被摧毁，
即便如此，你也要建造。
给这个世界你最好的，你将会饱受打击，
即便如此，你也要给世界你最好的。

海蒂·拉玛

2015·电影《麦克白》

021·电影《罗密欧与朱丽叶》

莎士比亚学历虽低，阅历却丰富。他小小年纪就开始谋生，不仅要帮助父亲打理生意，还在肉店当过学徒。后来，也当过教师。他的成长史，看似丰富充实，其实乏善可陈。他迫于生计，辍学谋生；承袭传统，早婚早育。其实一点也不传奇。

1582年，18岁的莎士比亚娶了年长自己8岁的安妮·海瑟薇。3年后，他当上了父亲。据说是有了一对双胞胎。此时，他的人生仿佛可以一眼看到老。不知是命运的点拨还是自我的觉醒，突然有一日，他决定去伦敦。

谈论天才时，你会觉得世间所有庸碌和疾苦都无法成为他们的阻碍。

他们总能从庸碌中看到光亮。
他们总能在疾苦中心生慈悲。

他在平凡的生活里不忘找寻不凡的道路。几年后，莎士比亚离开小镇，到了伦敦。天将降大任于斯人，必先苦其心志，劳其筋骨。当时，伦敦开始流行戏剧。一时间，大小剧团如雨后春笋般生发出来。这给莎士比亚带来谋生机会的同时，也隐隐地为他的将来埋下了伏笔。

从1585年他成为父亲，到1592年他来到伦敦，这中间的7年时间，成了莎士比亚研究的空白，也是莎士比亚履历表上最神秘的部分。没有人知道，这7年里他经历了什么。有人说，他当过园丁、水手、马车车夫、印刷工人……1592年，莎士比亚仿佛横空出世，来到伦敦，出现在世人面前。

在伦敦，他进入了剧院谋生，洒扫打杂，做一切微不足道又烦琐沉重的事。天才需要际遇。这段日子激发了莎士比亚对戏剧创作的灵感与热情。一切都在潜移默化中进行。很快，他便开始一边谋生一边写作。天赋这种东西，是后天无法培养的。

一个人的阅历多少决定了对人生思考的深浅。莎士比亚的丰富经历成了旁人无法复制的素材。他出身平凡，学历不高，一支笔毫无匠气。可是，他又能从琐碎日常里领悟到细微真理。他只用了两年的时间，便成了顶级剧团“内务大臣供奉剧团”的演员和剧作家。

听上去，他的成长很励志。

BBC《亨利四世·上》海报

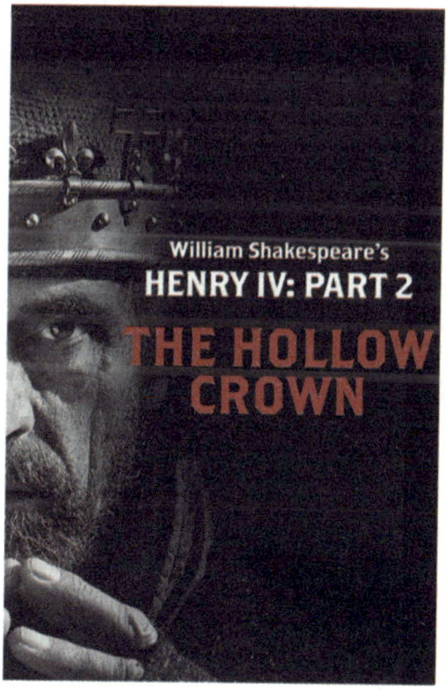

BBC《亨利四世·下》海报

还有他的诗。著名的莎士比亚十四行诗，几乎是所有新派诗人学习的范本。在中国，包括徐志摩、闻一多等在内的众多诗人，都承袭了莎士比亚十四行诗的创作精髓。创作十四行诗之前，莎士比亚发表过《维纳斯与阿都尼》《鲁克丽丝》两首长诗。这两首诗分别创作于 1593 年和 1594 年。

1592 年，英国爆发了流行性瘟疫，死者无数。政府命令禁止任何集会，人人自危。所有的剧团、戏院都只能关门歇业。演员和剧作家们因无法维持生计而纷纷转行。正是此时，死里逃生的莎士比亚开始了十四行诗的写作。1594 年，疫情方才得到缓解。

30 岁的莎士比亚在戏剧界已有盛名。每一次写作，都给他带来巨大回响。张爱玲说过，出名要趁早。莎士比亚年轻成名，除了带给他丰盈的物质，也给他带来了荣誉和声望。1598 年，英国大学士 F. 米尔斯便盛赞其戏剧“无与伦比”。那年，他才 34 岁。

1599 年，莎士比亚加入伦敦环球剧院，成了演员、剧作家，同时也是股东，还为他的家庭赢得了世袭贵族的称号。1603 年，詹姆士一世继位，莎士比亚所在的剧团改称“国王供奉剧团”，他被任命为御前侍从，常出没于宫廷，排剧演出。世事推波助澜，令他成为传奇。莎士比亚一世风光。

他在伦敦待了 20 多年。晚年，莎士比亚内心阙如，回归故里。他一生游荡在外，终究抵不过人之天性里的乡愁所系。1616 年，莎士比亚在家乡去世。那一日是 4 月 23 日。巧的是，学者们公认的莎士比亚生辰也是 4 月 23 日。这一日，他来；这一日，他去。连生死，在他身上都仿佛别有寓意。

莎士比亚作品《驯悍记》

莎士比亚作品《恺撒大帝》

是年，他 52 岁。

莎士比亚去世之后，被葬于斯特拉福德的圣三一教堂。这座教堂是当地最古老的建筑，建于 13 世纪。遗憾的是，他未留手稿存世，唯有一纸遗嘱。英国作家彼得·阿克罗伊德在《莎士比亚传》里认为，莎士比亚死于热病。关于莎士比亚之死，后人也多非议。

传奇的是他的文学创作。

有趣的是他的平生琐细。

英国国家档案馆通过
科学分析的莎士比亚遗嘱

说起来，他是个实在不怎么好的人。在伦敦的那些年，妻子独自在斯特拉福德抚养孩子。他从未想过要把乡下的孩子和妻子接到伦敦。死后遗嘱中，他留给妻子的只有一张床，还特别说明是“次好”的那一张。法律规定，妻子可以分得三分之一的财产。他却没有这样做。

所有爱与不爱，死后最明白。

世人传他贪财、吝啬。1597 年，盛名在外且极其富有的莎士比亚险因偷税漏税身陷囹圄。莎士比亚名列政府的欠税人名单长达 3 年。1600 年，税收记录当中显示他“仍有 13 先令 4 便士的税单尚未偿付”，直到被通知会因此下狱，他才很不情愿地付清。

偷税漏税的同时，莎士比亚却在放高利贷。一旦落难的朋友向莎士比亚借钱，他便收取高额利息。如果别人拖欠自己的债款，未能及时偿付，哪怕数额再小，他也会毫不留情地将之告上法庭。当时，很多亲戚都说，要想和莎士比亚讨价还价，绝不可能。这些听上去，实在讽刺。

女儿朱迪思的丈夫托马斯·吉内尔因婚后外遇一事被判通奸，弄得满城风雨。当时，莎士比亚已然生命垂危。听闻此事，他不顾一己之私，立刻改写遗嘱，因朱迪思不愿离婚，只留给她300英镑，并完全剥夺了托马斯的继承权，不让他拿到分毫。大部分遗产，他都留给了女儿苏珊娜一家。

遗产分配中，除了家人，还有约翰·赫敏、理查德·伯比奇和亨利·康德3个男性友人，他们分别得到了莎士比亚的26先令8便士。莎士比亚希望他们能去买个戒指戴在手上，以此来纪念自己。据说，莎士比亚还抢过理查德·伯比奇的一个情人。可怜安妮·海瑟薇孤寂多年，思君心切，殊不知丈夫风流在外。

最有趣的是，当时掘墓人猖獗，莎士比亚为了防止自己死后坟墓被挖，特地嘱人在墓碑上留下这样的话："看在耶稣的分儿上，好朋友，切莫挖掘这黄土下的灵柩，让我安息者将得到上帝祝福，迁我尸骨者将受亡灵诅咒。"就连死，他都坚持自己一贯尖锐刻薄的作风。

莎士比亚的后人都不长寿。他的血亲先继死于17世纪。两个女儿苏珊娜和朱迪思各有3个孩子，可是6个孩子撒手人寰时皆无子嗣。1674年，莎士比亚的最后一个孙子去世。从此，莎士比亚血脉彻底断绝。坊间流传，他有一个名叫威廉·达文南特的私生子，可惜无法证实。

最伟大的人也有最渺小的时刻。

最天才的人也有最庸常的时刻。

最温暖的人也有最冷漠的时刻。

人生这回事，莎士比亚就是最好的诠释。他拿起那支笔，面前是一条浩瀚星河。他放下那支笔，面前是世间无尽龃龉。你不能因为他是一个天才，便不容忍他可能是一个自私、功利甚至贪财好色的人。

莎士比亚肖像

附

莎士比亚戏剧语录

《仲夏夜之梦》

爱用的不是眼睛，而是心。

真爱无坦途。

疯子、情人、诗人都是想象的产儿。

《皆大欢喜》

美貌比金银更容易引起歹心。

逆境和厄运自有妙处。

世界是一个舞台，所有的男男女女不过是一些演员，他们都有下场的时候，也都有上场的时候。一个人的一生中扮演着好几个角色。

《罗密欧与朱丽叶》

名字中有什么呢？把玫瑰叫成别的名字，它还是一样的芬芳。

那是东方，而朱丽叶就是太阳。

《哈姆雷特》

最重要的是，你必须对自己忠实。

简洁是智慧的灵魂，冗长是肤浅的藻饰。

世上之事物本无善恶之分，思想使然。

生存还是毁灭，这是个值得考虑的问题。

一只麻雀的生死都是命运预先注定的。

《李尔王》

一无所有只能换来一无所有。

爱情里面要是掺杂了和它本身无关的算计，那就不是真的爱情。

疯子带瞎子走路，这就是这个时代的病态。

《麦克白》

美即丑，丑即美。

我为你的天性担忧，它充满了太多的人情乳臭。

做过的事情不能逆转。

黑暗无论怎样悠长，白昼总会到来。

03

安托万·德·圣－埃克苏佩里

一个人感到
非常忧伤的时候，
他就喜欢看日落

在巴黎旅行的朋友发来一堆照片。

其中，有一张她拍的先贤祠。

她说，她在那里遇到了一个有趣的人。

我问她，是谁。

她说，圣-埃克苏佩里。

——安托万·德·圣-埃克苏佩里

先贤祠，最出名的是伟人墓室。能够入祀先贤祠是至高殊荣。至今，连巴尔扎克、莫泊桑、笛卡儿都未能葬入其中。其实，圣-埃克苏佩里也没有。可是，有那么一块石碑上刻有他的名字。碑文简单：纪念安托万·德·圣-埃克苏佩里，诗人、小说家、飞行员，1944 年 7 月 31 日执行任务时失踪。

他就是世纪经典《小王子》的作者。《小王子》拥趸无数，能一口说出作者名姓之人远无《小王子》的读者多，就像夏洛克·福尔摩斯的名声也远远大过于创作者阿瑟·柯南·道尔一样。有时，了解一个人是了解其作品的基础。有时，未必。脱离作者本身而存在于读者审美当中的作品，是有的。

《小王子》如是。

可，安托万的经历是那么神奇。

1900 年，安托万出生于法国里昂。他是豪门望族之后。祖父费尔南伯爵曾担任洛泽尔省副省长，辞官下海之后，在一家保险公司担任董事。后来，父亲让继承了伯爵称号，也进入保险公司工作。1896 年，让迎娶贵族之女玛丽·冯思科隆布为妻。二人诞育子女五人。安托万排行老三。

安托万 4 岁时，父亲去世，母亲正在孕中，这个家中最小的孩子成了遗腹子。即便独自拉扯 5 个孩子十分辛苦，母亲也竭力给了他们最好的童年。在安托万心中，母亲是一名优秀的女性。母亲的形象对他日后的情感经历有很大影响。虽成长于单亲家庭，但安托万聪慧、活泼。

从小，他喜欢飞机，也喜欢文字。小时候，他常常骑车到离家不远的昂贝略机场，站在一旁看机械师摆弄飞机。据说，有一回一名机械师把他抱进了机舱，带他上天飞了一圈。这令小小的安托万十分激动。回家之后，他特地为此写了一首小诗，还登上了校刊。

一战时期，安托万先后就读于勒芒的圣十字圣母学校、瑞士弗莱堡的圣约翰学校和巴黎的圣路易高中。1919 年，中学毕业之后，安托万报考海军学院，以失败告终。1921 年 4 月，他入伍参军。因缘际遇之下，他加入了空军。有时，人生之美在于梦想遥不可及，而你正在靠近。他的梦想，从来都在万里晴空。

很快，他夙愿得偿。安托万本是空军地勤，离梦想仅有一步之遥。他心有不甘，决定自费学习飞机驾驶，并很快习成，晋升为一名正式的飞行员。做好一件事，最要紧的是热爱。对飞行的热爱令安托万表现出众，他得到重用。1922 年，他被提拔为少尉。这一年，他还遇到自己生命里的第一个女人——露易丝·维勒默罕。

然而，次年他便出了意外。

安托万·德·圣－埃克苏佩里

1923 年春，安托万因飞机失事造成头骨破裂。此事一出，母亲和未婚妻大惊失色，双双反对他重返飞行员队伍。露易丝还以此为由解除了婚约。有人说，露易丝早有分手之心，一来夫家家道中落，二来自身作风不好。说到底，缘聚缘散，本是寻常。安托万挽留过，然而该走的终会走。

婚约的解除，飞行的中断，这两件事给安托万造成了重大打击。他过了一段乏善可陈对未来毫无希望的生活。他在砖瓦厂当过会计，在汽车公司当过卡车推销员……日子迅速黯淡下来。在沉默、枯燥与苦闷的日常里，他遇见了写作。写作，成了他的一盏灯。

其间，他发表了短篇小说处女作《飞行员》。这算是他人生低谷时期唯一的安慰。1926 年，看着儿子一日一日地憔悴和颓废，母亲终是不忍，替安托万寻到了一个重返蓝天的机会。安托万加入了一家名叫拉泰科埃尔的民航公司。兜兜转转，他终于回到属于自己的地方。

1927 年，安托万晋升为公司分部尤比角基地的经理。尤比角是个荒凉之地，面向大西洋，背靠撒哈拉大沙漠。在这个贫瘠的地方，他生活了两年。这两年，他飞行的次数屈指可数，大多数时间都在处理公司事务。夜深时候，孤清无人，只能写作。他的代表作《南线邮航》便是创作于这个时期。

1929 年，他重新开始自己的飞行之旅。从北非飞跃大西洋，来到南美，开发公司新的航线。1930 年，离开阿根廷布宜诺斯艾利斯的时候，他带回了一个比自己年长的危地马拉女子。这个女子就是他后来的发妻——康素爱萝·桑辛·圣多瓦。

安托万·德·圣-埃克苏佩里的妻子康素爱萝

康素爱萝是个奇趣的女子。她身材娇小，容貌好，有才华，会写作、画画、雕塑。与安托万相识之时，她已是孀居的寡妇。她的亡夫是著名作家戈梅·卡利罗。她早已不是未经世事，一心贪慕情爱的小女子，而是一个已从婚姻当中走过、看过，所有婚姻之美、之恶都已了悟在心的人。

可是，安托万不惧不怕。

他爱她，不能自拔。

为了追求康素爱萝，证明自己的写作才华并不逊色于戈梅·卡利罗，他呕心沥血创作出了长篇名作《夜航》。这部作品对安托万的意义重大，不但令康素爱萝对他青眼有加，还受到了戈梅·卡利罗的文人故交们的认可，其中包括诺贝尔文学奖得主莫里斯·梅特林克（1911 年获奖）和安德烈·纪德（1947 年获奖）。

安托万·德·圣-埃克苏佩里
和妻子康素爱萝

1931 年，康素爱萝在法国嫁给了安托万。同年，安托万出版的《夜航》也大获成功，拿到了法国费米娜文学奖。两年之后，根据《夜航》改编的电影让安托万之名变得街知巷闻。可是，世间之人果真会珍惜自己拼尽全力换来的当下吗？譬如名利或者爱情。未必。安托万也不例外。

康素爱萝的两任丈夫都是作家。安托万不仅是一名作家，还是一名飞行员。由于飞行工作性质，婚后二人常年分居。安托万飞行在外的时间远远超过陪伴康素爱萝的时间。康素爱萝才情出众，丈夫不在，她便把大部分时间都交付给写作、画画和雕塑。她还在花园里给丈夫塑了一座雕像。

她说："这下你再也走不了了吧？"

康素爱萝就像经营一门艺术一般地经营着这段婚姻。她自己也讲过："做飞行员的妻子是一门职业……"她尊重并容忍了丈夫的一切，包括他的朝三暮四和拓落不羁。可是，又能怎样？一个家，渐渐破碎。此时，安托万盛名在外，既有人来投怀送抱，他自己也开始寻花问柳。他并不忠诚。

另外，安托万挥霍无度，从无节制。纵然他已闻名遐迩，收入颇高，可是巨额版税依然无法填补他购买豪宅、跑车和私人飞机带来的空缺。恰逢当时有个巴黎到西贡航线的飞行竞赛，胜者奖金高达 15 万法郎，经济状况陷入窘困的安托万果断决定参加。1935 年 12 月，他再次遭遇坠机。

飞机坠毁在撒哈拉沙漠。较之于多年前那一次坠机造成的头骨破裂，此次才算得上与死亡擦肩而过。与沙漠无水的困境相比，坠机之伤显得不足挂齿。不足四日，他便脱水濒死。最终，他幸运地被一个骑着骆驼，途径沙漠的阿拉伯人所救。此番死里逃生的经历，让安托万重归平静，审视生命。

虽然错失飞行竞赛的奖金，但是他因此创作出了自己第三部作品《人类的大地》。1939 年，这本书不但在法国拿到了法兰西学院文学奖，还凭借英译本在美国拿到了国家图书奖。安托万似乎好运不断，总能逢凶化吉，在苦难中寻到光明，在迷路时得到指引，在逆境里听到掌声。

二战时期，故乡沦陷之后，安托万举家流亡美国，移居纽约。往来于美国和加拿大两年左右的时间里，远离故土的安托万始终无法逃避内心阙如的归属感。他也想扛起枪炮冲到前线，可是，他所能倚仗的只有手中的一杆笔。他写了《空军飞行员》，写了《给人质的信》，写了令他名垂文学史册的《小王子》。

据说，《小王子》这册小书诞生于他和希区柯克的一顿下午茶。当时，安托万在纽约一家餐厅的白色纸巾上信手涂鸦。他画的是一个头戴王冠的小男孩，一会儿在云上，一会儿在山巅。希区柯克见状便问，画的什么。他道："没什么，一个活在我心中的小人。"希区柯克拿起他的画左右端详了一番。然后说，给这个小人写本书吧。

于是，世上有了《小王子》。

《小王子》原版封面

2015 · 电影《小王子》海报

当小王子说“请给我画一只绵羊”的时候，世间温柔不敌当下刹那。这个来自 B612 号星球的小王子，离开了那朵“转瞬即逝”“只有四根刺可以自卫”却被他丢在自己星球上的玫瑰，开始了独自寻找“遗失”的旅程。小王子寻找的，也是安托万失去的，是你我都渐渐遗落在路上的。

1943 年 4 月，安托万回到法国。1944 年 7 月 31 日，安托万从地中海科西嘉岛再次起飞，执行勘察任务。途中，他遭遇了此生第三次坠机灾难。这一次，他再也没有回来，就像小王子的离开一样，无声无息，无踪无影。直到 2000 年 5 月，当年的飞机残骸才被找到，坠机原因是被德军击落。

一个朝秦暮楚的人，内心有童真吗？
一个愤世嫉俗的人，内心有温柔吗？
一个颠沛流离的人，内心有安定吗？

我觉得，会有。

因为他笔下的小王子说：

一个人感到非常忧伤的时候，他就喜欢看日落。

印有安托万·德·圣-埃克苏佩里头像的 50 法郎纸币

附

小王子语录

你要是对大人说："我看见一幢漂亮的房子，红砖墙，窗前种着天竺葵，屋顶上停着鸽子……"他们想象不出这幢房子是怎样的。你得这么跟他们说："我看见一幢十万法郎的房子。"他们马上会大声嚷嚷："多漂亮的房子！"

一个人感到非常忧伤的时候，他就喜欢看日落。

一个人如果想把话说得有趣些，免不了会稍微撒点谎。

语言是误解的根源。

我给浇过水的是她，我给盖过罩子的是她，我给遮过风障的是她，我给除过毛虫的也是她。我听她抱怨和自夸，有时也和她默默相对。她，是我的玫瑰。

本质的东西用眼是看不见的。

只有孩子知道自己在找什么。

在这个熟睡的小王子身上，最让我感动的，是他对一朵花儿的忠贞，这朵玫瑰的影像，即使在他睡着，仍然在他身上发出光芒，就像一盏灯的火焰一样。

要是你喜欢一朵花儿，而她在一颗星星上，那你夜里看着天空，就会觉得很美。所有的星星都像开满了花儿。

人们眼里的星星，并不是一样的。对旅行的人来说，星星是向导。对有些人来说，它们只不过是天空微弱的亮光。对另一些学者来说，它们就是要探讨的问题。对我那个商人来说，它们就是金子。但是所有这些星星都是静默的。而你，你的那些星星是谁也不曾见过的……

04

顾城

为了避免结束，你避免了一切开始

我把你的誓言 / 把爱 / 刻在蜡烛上
看它怎样 / 被泪水淹没 / 被心火烧完
看它最后一念 / 怎样灭绝 / 怎样被风吹散

——顾城《祭》

什么是蝴蝶效应？

一只在南美洲亚马孙热带雨林中的蝴蝶，偶尔扇动几下翅膀，它能在两周以后，引起美国得克萨斯州的一场龙卷风。所谓“蝴蝶效应”，是指在一个动力系统下，初始条件下一个微小的变化就能引起整个系统巨大的连锁反应。同名科幻电影《蝴蝶效应》告诉我们：人生亦是如此。

顾城，正是一念改一生。

他有一首诗叫《一代人》，只有两句：“黑夜给了我黑色的眼睛，我却用它寻找光明。”大家都知道这两句诗。其实，顾城的诗里，我最喜欢的一首是《避免》：“你不愿意种花。你说：‘我不愿看见它，一点点凋落。’是的，为了避免结束，你避免了一切开始。”可是，想要避免，就能如愿吗？

恐怕，天不由人。

1956 年 9 月 24 日，顾城出生于北京。他有一个姐姐，叫顾乡。母亲身份神秘，遍寻无果。父亲顾工是有名的军旅诗人。顾城对诗的敏感、痴迷，想必与父亲的熏染不无关系。顾城少年时代，恰逢动荡，只在学校念过短短几年的书。动荡过去，他也没有再入学续读。

12 岁，顾城就会写诗。那时，他写了一首《星月的由来》：“树枝想去撕裂天空，却只戳了几个微小的窟窿，它透出天外的光亮，人们把它们叫作月亮和星星。”有人说他是“童话诗人”，洵非虚誉。他虽小小年纪，但字里行间，满是素净。就像，春日枝头绿叶上的露珠和遥远山间的云岚。

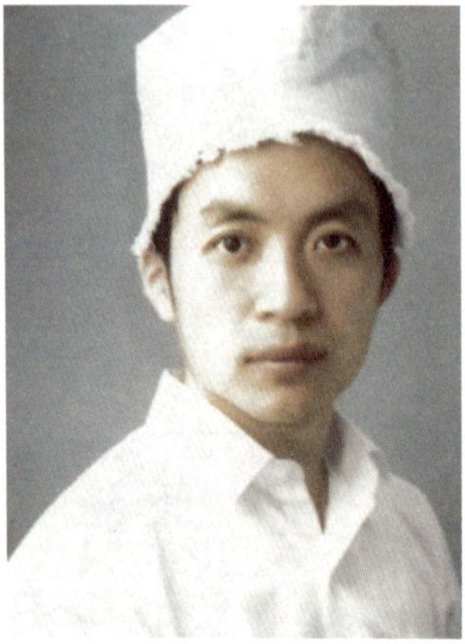

他喜欢大自然，热爱昆虫。他写《风和树》，“风如鞭抽打着树 / 树如针切削着风 / 风可以说树在哭泣 /
树可以说风在呻吟”，写得干净、灵动，又有向内生长的思索。对他来说，写诗，是乏善可陈的少年岁月里唯一闪光的事。他注定是要当一位诗人。可是，又怎么样呢？

1969 年，他跟随父亲去山东的广北农场待了 5 年，寄宿于火道村。回到北京之后，18 岁的顾城，开始务工赚钱。他做过搬运工、锯木工，也当过借调编辑。重要的是，他开始发表诗作了。这么多年下来，他已经积累下来两册自编手抄诗集《无名的小花》和《白云梦》。

1979 年，是他人生中最重要的一年。先是《无名的小花》中的诗作被北京西城区文化馆《蒲公英》报连续刊载，后又在北岛的《今天》杂志中崭露头角。顾城开始小有名气，各大诗刊报纸都向顾城递来约稿信函。最重要的是，这一年，他遇见了一个叫谢烨的女子。

那年夏天，顾城随父亲去了一趟上海。有一天，父亲出门办事，顾城一个人在招待所里无所事事。那时，上海风大。顾城刚出走出屋子，大风就把门关上了。他没有带钥匙，站在门外，一筹莫展。此时，顾城突然烦躁起来，孩子气地直接翻窗而入，怒气冲冲地收拾东西，去找父亲。他就是这样一个脾气不好的人。

他跟父亲说，要立刻离开上海。

就在那天从上海返回北京的火车上，他遇见了谢烨。如果那日他没有出门，如果出门的时候他带了钥匙，如果上海的风没有把门关上，如果路上耽搁而延误了火车，如果同一班次的火车票售罄，如果谢烨与他不在一个车厢。只要一刻扭转，一切都不会发生。然而，岁时有序，不容悔改。

顾城画作

谢烨正好坐在顾城旁边。

他们开始聊天，他们终于相识。“到南京站时，别人占了你的座位，你没有说话，就站在我身边。我忽然变得奇怪起来。我开始感到你，你颈后飘动的细微的长发。我拿出画画的笔，画了你身边每一个人，却没有画出你。我觉得你亮得耀眼，使我的目光无法停留。”那一刻，他爱上了她。

他们说话，说了很久。所有人都睡了，他们还在讲述彼此的经历。一夜过去，月落日升，火车到了北京。分别的时候，顾城往谢烨的手里塞了一张字条，上面是他的姓名和地址。她才知道，这个年轻男子就是名声响亮的诗人顾城。顾城有学识、有见地，更有诗人天然的浪漫。谢烨去找他了。

谢烨是上海人。她把自己在上海的地址给了顾城。恋爱，就这样意外又平静地来临。谢烨在北京驻留的时间很短。离开的时候，顾城去送了她。所有爱之初始，都是相似，两情缱绻，难舍难分。后来，顾城去上海找谢烨，为了表示心意坚定，还曾搬来一只木头箱子，睡在谢家门口。

他们相恋 4 年，情书无数。

1983 年 8 月 8 日，他们方才结婚。那时，顾城 27 岁，谢烨 25 岁，正是风华正茂的年岁。结婚之后，顾城孩子一般依恋谢烨。两人几乎寸步不离。无论参加什么诗歌活动，他都要拉上妻子陪着，分秒不忍相离。那时，对他们而言，世间所有都不及彼此。美好，他们真的曾经有过。

诗人，是世上最脆弱的职业。

脆弱的不是诗歌，是诗人本身。以写作为生的人里，诗人敏感、易贫。除了写诗，顾城并无其他工作，遑论稳定收入。他们的日子过得时好时坏，最后日益拮据。最穷的时候，连一毛钱都没有。有一次，夫妻二人去看望顾城的好友舒婷。舒婷问："你们怎么不坐地铁来，坐地铁只要一毛钱而已。"顾城说："我们就是没有一毛钱。"

1987 年，他们已经结婚 4 年。突然之间，日子有了转机。盛名在外的顾城，受邀去德国访问。自然，他仍是带着妻子。他是此行唯一一个与家眷同行的诗人。邀请方不仅承担旅途、住宿的费用，还有餐食补贴。谢烨跟随顾城，省吃俭用，从欧洲游历到美洲，最后停留在了新西兰。

一座人烟稀少的新西兰孤岛——激流岛。如今早已不是荒芜之地。当年，实在僻静。顾城一眼看中。这是他平生一直期许的隐遁之地。仿佛，注定他要在这里安家营生。顾城在哪儿，谢烨便在哪儿。夫妻二人买了一幢房子。两人亲力亲为，翻新、整修。那时，生活看上去仍是一池净水。

只是，底子里已然暗潮汹涌。

1988 年 1 月，顾城拿到工作签证，正式移居。3 月，谢烨在奥克兰的医院诞下一子。不久以后，夫妻俩依据技术移民政策获得新西兰的永久居留权。顾城在奥克兰大学有过短暂的教职工作。1989 年 6 月，顾城辞职，开始了隐居生活。1900 年 7 月，他们的生活变了。

李英来到了激流岛，住进了他们的家。1986 年 6 月，顾城出国之前在北京的一次"新诗潮研讨会"上认识了一名女子，她就是李英。李英在《诗刊》杂志当过编辑，她成了顾城第二个爱上的女人。顾城对谢烨倒也诚实，他想过女儿国一般的生活，同时拥有两个女人。这实在令人瞠目结舌。

从答应的那一秒开始，谢烨大概就做好了离开的准备。可是，他们还有孩子。她只能忍。李英去新西兰的手续，都是由顾城一手操办。最奇怪的是，李英也愿意欣然前往。爱无分贵贱对错。每一种相处模式，只要彼此认可，都算合理。顾城觉得，谢烨和李英与他心有默契，已有共识。

可是，并不是这样的。

三个人的生活并不长久。三妻四妾的年代，早已消亡。果然，李英很快就离顾城而去，她另有旁人。李英从未打算与顾城、谢烨长久生活。她爱过顾城吗？大约是爱过的。只是，她做不到以如此诡异的方式，延续心中情意。谢烨又何尝甘愿？顾城的一颗心，令人困惑。爱，让他心慌。

他用自己的爱为难着自己。

当时，顾城已是一名父亲。孩子，本可弥补生活中的一切错漏。顾城还给孩子取了一个名字，叫“小木耳”。听上去天真、烂漫。他也一定想要当好一个父亲。可惜，孩子带来的欢愉，并未彻底挽救这个日渐支离破碎的家庭。不久，李英开始从顾城的生活中抽离，接受了别人的求婚。

李英离开后，顾城抑郁了。

谢烨知道，她与顾城，也该散了。所有的失去，都是缓慢发生的。顾城，一点一点，迷失了自己，也失去了谢烨。他写过一本小说，叫作《英儿》。一本与他个人生活高度重合的作品。写这本书时，李英走了，谢烨还在。顾城爱过谢烨吗？与其说爱过谢烨，不如说他爱的是自己。

他爱的，是“爱”这件事本身。

后来，事情变得离谱。当顾城得知，谢烨也要离他而去。他砍伤了谢烨，然后结束了自己的生命。谢烨重伤，不治身亡。顾家的人都说顾城疯了。他当然疯了。可是，依然有无数人在追悼顾城。那么，谢烨呢？谢家的人呢？顾城留下了很多绝妙好诗，拥趸甚多。爱他的人，悯其脆弱，总能原谅。

他值得被原谅吗？谁说了都不算。

谢家的人，说了才算。

顾城死后。亲友为他们的儿子成立了基金会，共同资助、抚育孩子。有人说，孩子后来在奥克兰大学念书，顾家的人不让孩子学习中文，孩子也不愿意谈论自己的父母。或许，他都不知道父母生命的最后时刻都发生了什么。当中的琐细，残酷又心酸。不知道，对他来说，才是最好的结局。

那一天，是 1993 年 10 月 8 日。

顾城写过一句话，“人可生如蚁而美如神”。然而，心之所向，终未如愿。顾城和谢烨，没有机会重新来过。岁月机关算尽，依然不懂人心。1979 年，他们相遇。那一年，他们有过最好的时光。火车轰隆往前，有一节车厢里，一个北京诗人爱上了一个上海姑娘。他们以为，人生最美，是当下，是彼此。

或许，还有未来和远方。

05

简·奥斯汀

不必成为简·奥斯汀

你喜欢安妮·海瑟薇吗?

就是《公主日记》里面那个质朴天真的米娅,《穿普拉达的女王》里面那个永不服输的安迪。还有,克里斯托弗·诺兰的《蝙蝠侠》系列第三部《黑暗骑士崛起》里那个既性感又洒脱的猫女,也是她。她们都是安妮·海瑟薇。不对,我要聊的不是她。2007 年,她演了简·奥斯汀。

电影《成为简·奥斯汀》里,安妮仿佛就是简本人。她有端庄优雅的一面,有倔强磊落的一面,有刚毅,有柔软。电影上映之后,广受好评。虽然这不是学术意义上严谨的传记电影,但是我们仿佛仍能越过画面,看到书卷深处有个小小女童,一身花裙,顾盼生姿,从远方款款而来。

历史上,简·奥斯汀长什么样?

身形高瘦,脸很圆润。
眸色浅褐,发色深棕。
卷发覆额,古铜肤色。

简 · 奥斯汀画像

论成功的言情小说作家，当属简·奥斯汀无疑。只是，有“言情”二字在前，总会有人替她觉得委屈。可是，言情小说作家怎么了？他们有大把大把的读者热爱，为之疯迷，并非只有学院派的写作者才担得起所谓的“作家”二字。真正有价值的作家，靠的从来不是名号和标签。人亦如此。

在英国的汉普郡，有一个偏远的村庄叫作斯蒂文顿。整个村子不足三十户人家。其中，有一户人家，平日被称村民唤作奥斯汀家。1775 年 12 月 16 日，奥斯汀家的女主人产下一女，这是她和丈夫的第七个孩子。她，就是日后在英国文学史上，留下了浓墨重彩的一笔的简·奥斯汀。

1779 年，简 4 岁时，母亲生下一个弟弟。这是家里第八个也是最后一个孩子。奥斯汀夫人的 8 个孩子里有 6 个儿子、2 个女儿。大儿子詹姆斯，二儿子乔治，三儿子爱德华，四儿子亨利，老五是大女儿卡桑德拉，老六是儿子弗朗西斯，老七是简，老八是幼子查尔斯。

那个时代，生养孩子并不容易，早夭者甚多。可是，奥斯汀家的 8 个孩子，除了老二乔治天生残疾，余下的健康长寿者居多。老二的残疾，大概是脑损伤且天生聋哑。家中 8 个孩子，平均寿龄超过 70 岁。最长寿的老六弗朗西斯 91 岁才寿终正寝。后来被送进一家农场收容所的老二，也活到 72 岁。

简的父亲叫乔治·奥斯汀，二哥也叫乔治，可怜他是家中唯一残疾的孩子，父母对他格外怜悯，唯有他沿用了父亲的名字。奥斯汀一家的住宅有三层楼，有大厨房、大客厅，还有一间书房和 10 间卧室。住宅虽简陋，但宽敞。奥斯汀夫妇还办了一所简易的寄宿男校。简虽有过清贫日子，但出身不算寒苦。

总有人喜欢将她塑造成贫民天才。其实，真正的穷人是奥斯汀家中雇佣的仆人。旧时，英国社会等级森严，简出身低微，却不算穷困。不过，简的兄弟姊妹众多，自己一生未嫁，不曾独自拥有过一间卧室。这一点，说起来倒是心酸。然而，她过得仍不算差。年岁大些，父亲还供姐妹俩去读书。

简·奥斯汀致其姐姐卡桑德拉书信片段

在英国，旧社会里女性地位卑微。女子以无才为德，平日所受教育，多是学习料理家务，如缝纫、刺绣、做饭。自然，简也要学。好在，她有一个好父亲。许是身为牧师的缘故，老乔治既有胸襟，也有远见。家中两个女儿，自幼各有爱好。简喜欢阅读和钢琴，卡桑德拉喜欢画画。老乔治非但不反对，反倒很支持。

家中 8 个孩子，简和姐姐卡桑德拉最亲密。1783 年，卡桑德拉去一所女子学校读书，简也要去。两年后，她们因热病转学。1787 年，二人休学回家，结束了难得的学校生涯。简平日在家，若不读书，便弹钢琴，卡桑德拉便在一边画画相伴。又因家中寄宿了四五个男学生，奥斯汀家中，总是格外热闹。

2007 · 电影《成为简 · 奥斯汀》海报

简极具观察力。眼见所有，皆是宝藏。每个人的仪表、谈吐、气质，来往人情之琐细，都被简刻在心中，成为日后写作中取之不尽的素材。和卡桑德拉休学回家之后，简便开始写作。1790年，她写出短篇小说《爱情和友谊》。小小年纪，就有了超越常人的思考和表达，令父亲深以为傲。

简在斯蒂文顿的家里生活了25年。这25年里，奥斯汀一家过得忙碌、安稳。平淡日子里，处处有温存。少女时期，简待人处事便和旁人不同。她有态度，不逢迎。优雅是相对的，不盲目扮演温良、恭谦，与人来往也不虚与委蛇，说话素来尖锐，甚至刻薄。真实，大概是简一生最迷人的品质。

除了卡桑德拉，简还有几个闺中伙伴。比如，邻居劳埃德家的两个女儿玛丽和玛莎。很多年后，她们都嫁到了奥斯汀家，成了简的嫂子。玛丽嫁给了老大詹姆斯，玛莎嫁给了老六弗朗西斯。还有，住在附近庄园里的比格－威瑟家中也有几个女儿。其中，阿勒西娅与简最亲密。她的弟弟还向简求过婚。

斯蒂文顿，虽是小小村落，但也时有舞会。舞会，是当时非常重要的社交活动。与会女子必会好生打扮，从帽子的装饰，到裙边的数量，再到发带的颜色，无不精心。不过，当时的舞会有严格的入席规则，未婚女子必须有男性亲属或年长的已婚女性陪同。简和卡桑德拉常被邀请。

舞会的见闻与经验，拓宽了简的视野。男女行止当中细碎的暧昧与情动，让简更加完整地了解了爱情生发伊始的纹路。少女时期，简不例外，充满了对爱情的向往，也愿能得一人心。然而，她并不屑使用其他女子惯用的社交伎俩。她对社交当中所有的博弈，充满警惕。她认为，真正的爱情，理应纯粹。

日子过下去，家里也有了变化。慢慢地，连家中最小的孩子查尔斯也去了朴次茅斯的皇家海军学院。那时，老大詹姆斯在附近的奥弗顿教区当一名助理牧师，老三爱德华因为被富裕的奈特夫妇收养，过上了锦衣玉食的日子，老四亨利还在牛津大学读书，卡桑德拉也去了未婚夫家。

家中孩子，只剩简一个人留在家中。

好在，父亲疼她。1794 年，简 19 岁生日的时候，父亲特地送给她一张便携式写字台，用桃花心木和皮子制作而成，配有玻璃墨水瓶和一个抽屉，十分精美。除此之外，还有纸。那时候，纸非常昂贵。在这个写字台上，简写出了短篇小说《苏珊夫人》，也开始创作第一部长篇小说《理智与情感》。

在《理智与情感》这部小说里，埃莉诺与玛丽安两姐妹因为没有嫁妆，担心自己嫁不出去。18 世纪末期，英国女性大多没有工作，婚姻是获取经济保障的唯一途径。某种程度上，嫁妆是结婚的必要条件。然而，中下层人家的女孩，几乎无嫁妆。因此，当时英国只有三成女性有机会能成功出嫁。

都说简愤世嫉俗，她的小说中充满批判与讽刺。其实，不过是简有一颗饱含纯真的心，对待男女感情小心翼翼。所以，凡是做作、虚伪、带有目的性的男女交往，在她眼中，都不值一提。然而，时代如此。大部分人难以坦诚待人。因此，简的所见所历，只能成为写作素材，对自身恋爱并无助益。

2007 · 电影《成为简 · 奥斯汀》剧照

20 岁时，简遇到了汤姆。

写完《理智与情感》之后，简开始有自己的追求者。而她目光锐利，所有的假装都被她一眼洞穿。在舞会上，所遇的示爱之人，总被她视若无睹。财富与权力无法将她征服。追求者里，只有汤姆·勒弗罗伊不一样。他为人赤诚，对简一片真心。他也是简第一个爱上的男子。

汤姆不是本地人，他来自爱尔兰，假期时在姑父家做客。他姑父也是个牧师。汤姆当时刚从都柏林圣三一学院毕业，是法律系的高材生，满腹经纶。遇见汤姆，简很欢喜，常与卡桑德拉谈论他。然而，所有初恋仿佛都是用来分手的。就在简几乎以为可以和汤姆共度一生之时，意外出现了。

汤姆的姑父和姑妈得知汤姆意欲向简求婚之时，二人绝不同意这桩婚事，且态度坚决。原因是奥斯汀一家虽不至于穷困，但简也不过是一个区区牧师的女儿，对汤姆将来在社会阶层的提升毫无帮助。人们都想活得更好。先谋生，再谋爱，向来如此。汤姆也不例外，所以，他放弃了简。

汤姆离开以后，两人再未见过。

这段恋情的结束，催生了简的第二部长篇小说《傲慢与偏见》。她在一个充满傲慢的时代里，经历了一段因偏见而结束的恋情。1796 年，写《傲慢与偏见》的简，只有 21 岁。小说中的伊丽莎白·贝内特，就像是另一个简。在自己笔下的众多女性角色里，简最爱的，也是伊丽莎白。

2005 · 电影《傲慢与偏见》海报

2005 · 电影《傲慢与偏见》片场

简一生中，除了自己的家人，表姐伊莱扎与她也十分亲厚。伊莱扎年长简 14 岁，与简来往时，她已结婚。她的母亲费拉德尔菲亚是老乔治的亲姐姐。讲故事，是简写作之前最大的爱好，她既喜欢讲，也喜欢听。每次伊莱扎到访，总会说故事给简听，讲一些简不曾体验、经历的见闻。

这令二人的关系日益亲密。

伊莱扎身世也很传奇。很多文章书报，会将伊莱扎说成简的法国表姐。其实，并不准确。伊莱扎出生在印度的加尔各答，父姓汉考克。7 岁，她和母亲一起去了英国。17 岁，又和母亲到了法国巴黎。伊莱扎的第一任丈夫，是一个法国高级军官。法国大革命开始之后，她又回到了英国。

对简而言，伊莱扎是除了卡桑德拉最重要的女友。而且，奥斯汀家还有一人也十分看重伊莱扎。他就是老四亨利。对亨利而言，与其说是看重伊莱扎，不如说是默默爱着她。年长简 4 岁的亨利，要比伊莱扎小 10 岁。然而，世间所有，不敌款款情深。

1797年，伊莱扎在第一任丈夫去世后，嫁给了亨利。旧时英国，堂、表兄弟姐妹通婚并不罕见。亨利和伊莱扎的这段婚姻，让伊莱扎从简的表姐变成了嫂子。两人的情谊也较之从前更深。伊莱扎和卡桑德拉一样，既是简的女友，又是她的亲人。在简的心里，伊莱扎举足轻重。

这一年，很不寻常。

好事不断发生，除了伊莱扎和亨利喜得圆满，鳏居的大哥詹姆斯也娶了玛丽，简的《理智与情感》终于完稿。然而，也有坏事发生。简的作品出版并不顺利，她最疼爱的姐姐卡桑德拉遭遇重挫。卡桑德拉的未婚夫因病猝死，伤心欲绝。人生在世，生离之苦，不敌死别之痛。奥斯汀一家，正是“悲欣交集”。

1995·电影《理智与情感》剧照

1995·电影《理智与情感》海报

1799年，简开始写《诺桑觉寺》。创作这部小说时，简正好去了一趟舅舅所在的萨默塞特郡的巴斯市。那儿也是老乔治与夫人昔年举办婚礼之地。简不知道，巴斯会成为她的人生转折点，更不知道从此自己将历经长达9年的流离时光。1800年，新世纪之始，奥斯汀一家离开了斯蒂文顿，全家人搬去了巴斯。

在巴斯，简的生活很不安稳。一家人数度腾挪迁居，居住状况越来越差，简失去了创作环境。其间的创作，她只留下一个短篇小说，且未写完。这也是唯一一篇最像简的自传小说，叫《沃森一家》。如今，这个作品流传下来的部分有一万七千多字。小说戛然而止，或许与她父亲的病故有关。

1805年，老乔治离世。身为牧师，他生前所享有的养老金，遗孀和子女都不可领用。这让奥斯汀母女彻底失去了经济来源，陷入恐慌。哪怕生无所依，简也不曾向严酷的生活低头、妥协。其实，她有过一个机会，可以脱离困境，当富家太太，过上等生活。然而，她誓要做个扬眉女子。

活着，最怕单身且贫穷。

简，从来不是一个独身主义或者不婚主义的女子。她从未停止等待爱与被爱。这一点，她与未婚夫去世之后深居简出的卡桑德拉并不一样。简要比卡桑德拉更坚强。1802年12月，简和卡桑德拉去郊外庄园的比格－威瑟家做客。比格－威瑟家唯一的儿子哈里斯，对简很是爱慕。

当时，简已经27岁。哈里斯只有21岁，且有口吃，但他勇敢。见到简的当晚，他就不管不顾地向简求婚。于哈里斯而言，这大概就是情有独钟的意义所在。不可思议的是，简答应了。每个人，可能都会讲过一些根本未思考过的话，做过一些出乎自己意料的决定。那个当下，简就是。

未及冷静，简已后悔。

对简来说，以旧时风气来讲，能与哈里斯结成伴侣，已是上佳的归宿。可是，简说过，那个时代的婚姻不过只是“基于利害关系的契约”。她虽渴望婚姻，但渴望的是建立在纯粹爱情基础上的婚姻。她不喜欢哈里斯，更遑论爱呢？一时冲动，答应之后，她又反悔，选择拒绝，放弃了去当比格－威瑟家庄园未来的女主人。

岁月裹挟泥洪，滚滚往前。简回归到奥斯汀家“风餐露宿”的日常中，但她心甘情愿。母亲和姐姐还在，她不愿做一个临难脱逃之人，日子只能熬下去。彼时，几个兄长皆各有家庭。他们虽也常救济母亲和姊妹，但非长久之计。这样的情况，直到简的三哥爱德华出面，才彻底好转。

有志者，必能将苦熬成糖。

爱德华英俊、机敏，自幼便被族中的远亲大户奈特夫妇收养。姓氏也改成了奈特。奈特夫妇去世之后，爱德华继承了二老遗产，成为奥斯汀家中最富裕的人。1809 年，爱德华的妻子去世，留下了他和 5 个孩子。他也终于决定给母亲和妹妹一个家。

吊诡的是，爱德华很富有，却等到妻子去世才伸手援助。有人揣测，是因为他的妻子不喜欢简。是年，爱德华在故乡汉普郡另一个叫乔顿的村庄，为母亲和两个妹妹置办了一处房产。奥斯汀家离家的儿子们也会偶来小住。一家人仿佛又回到从前，温静和睦，时有团聚。只是，老乔治不在了。

1996 · 电影《爱玛》海报

1996 · 电影《爱玛》剧照

在乔顿，简终于能安心写作。

这一生，与简亲密者三五。母亲高寿，父亲去后，除了卡桑德拉和伊莱扎等女友，还有一个人对她十分重要。他就是伊莱扎的丈夫、简的四哥，亨利。其他兄弟，都过得安稳，当牧师、当海军、当乡绅。唯有亨利，做事不能持之以恒，他去过银行、去过教堂，唯一长久的职业是给简当出版经纪人。

定居乔顿后，简开始修改从前的小说。在亨利的帮助下，《理智与情感》于 1811 年出版，《傲慢与偏见》于 1813 年出版，大受读者欢迎。后来创作的《曼斯菲尔德庄园》和《爱玛》也分别于 1814 年和 1815 年出版。1818 年，简去世后第二年，才出版了生前最后两部完整的作品《诺桑觉寺》和《劝导》。

简去世时，未满 42 岁。

1816 年，写作《劝导》时，简已患病。病症高度疑似霍奇金淋巴瘤。这部小说，几乎是简与病魔抗争的同时创作而成的。简的病情时好时坏，但简从未放弃自己。她一直觉得自己很快就会好起来。直到 1817 年 4 月，她才决定立下遗嘱。她开始明白，自己的时间不多了。

简让卡桑德拉当自己的遗嘱执行人。遗嘱十分简单，留给哥哥亨利 50 英镑，留给比容积夫人 50 英镑。比容积夫人是谁呢？她是悉心照料过伊莱扎的管家太太。4 年前，伊莱扎已经离世。这一笔钱，是她对伊莱扎的怀念。其余所有，她都留给了与自己相伴一生的姐姐——卡桑德拉。

1817 年 7 月 18 日，清晨。

简 · 奥斯汀在卡桑德拉的怀抱中，离尘绝世。

2007·电影《劝导》剧照

2007·电影《劝导》海报

附

简·奥斯汀语录

《理智与情感》

蚌将沙粒变成珍珠，苦难才能让人成长。

成就我们的不是我们的所言所感，而是我们的所作所为，或未成之事。

《诺桑觉寺》

友谊是医治失恋痛苦的良药。

《傲慢与偏见》

一个人可能傲慢但不虚荣，傲慢是我们对自己的评价，虚荣则是我们希望别人对自己的评价。

我不明白他有权利来决定朋友的婚姻情感是否合适得体，也不明白他为什么单凭个人眼光就要决定朋友该怎样去获得幸福。

一个人仅仅因为软弱无能或优柔寡断就完全可能招致痛苦。

我一天比一天相信，人性都是见异思迁。我们不能凭着某人表面上一点点长处或见解，就去相信他。

06

海蒂·拉玛

嘿，你连 Wi-Fi 了吗

世上第一位全裸出镜的女演员是谁?

当朋友问我这个问题的时候，我嗤之以鼻。我觉得这个问题算不得有趣。未等我开口，她又问我，你知道 Wi-Fi 是谁发明的吗？这个问题倒是有趣。然而，我才疏学浅，全然不知。再后来，朋友说，你知道世上第一位全裸出镜的女演员就是发明 Wi-Fi 的人吗？刹那，我瞠目结舌。

这个人就是海蒂·拉玛。

是为女子，海蒂·拉玛的一生当真传奇。1914 年 11 月 9 日，她出生于奥地利维也纳。她的本名叫海德维希·爱娃·玛丽亚·基斯勒，父亲是银行家，母亲是钢琴家。她家世极好，是个千金小姐，又是家中独女，自幼生活优渥，接受最好的教育。加上一副好容貌，她从小就勇敢、自信。

七八岁时，海德维希便会弹钢琴、跳芭蕾。在瑞典女子学校读书时，她的各科成绩都出类拔萃，尤擅数学。后来，她开始学习刚刚兴起的通信专业。此时，她已是妙龄少女。周边的人每每见她，都会惊赞她的美貌。时间一长，她便动了当演员的念头。

恰好，她又遇见了戏剧导演马克思·莱因哈特。世事因缘，皆注定。一切都仿佛已被安排好。海德维希放弃了通信专业的学习，跟随马克思去了柏林，闯荡演艺事业。以她的天资，想要当个演员，不是难事。很快，她便有了自己的电影处女作《街上的钱》。这一年，她还只有 16 岁。

只是，在处女作中，海德维希不过是个小角色。1932 年，捷克和斯洛伐克的一家电影公司找到了她，邀她独挑大梁，出演女主角，并且承诺电影会推向国际市场。唯一的条件是，她必须全裸出镜。素来果决的海德维希，全然没有被全裸出镜一事吓到，应承了下来。

1933年，海德维希主演的电影《神魂颠倒》公映。19岁的海德维希成了电影史上第一位全裸出镜的女演员，声名大噪。对这件事，她满不在乎。她说："如果你用点想象力，你可以看见任何女演员的裸体。"可是，那个年代还很闭塞。父母因为此事，十分担忧女儿将来的婚嫁一事。

直到军火大亨弗里茨·曼德尔的出现。

海德维希的父母常常出入上流社会的派对，对弗里茨的名字也曾听闻一二。两人算是门当户对。相识3个月之后，海德维希嫁给了弗里茨。此时，二战爆发在即。希特勒在德国掌权，从事军火生意的弗里茨从中看到了无限商机，频繁与希特勒的纳粹党人接触。

弗里茨虽然忙碌，但是仍然不忘收购《神魂颠倒》的电影胶片。他的占有欲极强，无法忍受旁人继续看到妻子的身体。他不但不许妻子再拍电影，还限制她的人身自由。1937年，作为军火大亨弗里茨的夫人，海德维希出席了希特勒的家宴。此时，弗里茨已是纳粹的军备供应商。

彼时，弗里茨常携妻子参加自己与纳粹的机密会议，妻子的美貌为他赢得了希特勒和纳粹党的好感。海德维希也知道了很多纳粹无线通信的秘密。当纳粹进军奥地利，残暴本性暴露无遗，海德维希知道自己已与弗里茨无法共处。她的父亲就是犹太人，她感到绝望。弗里茨不知，平日恭顺的妻子已筹谋逃离。

不久之后，一日深夜，忍无可忍的海德维希与女佣串通，带着一个行李箱，从盥洗室翻窗逃走。她直奔火车站，连夜离开了维也纳，登上一列去往伦敦的火车。身为犹太裔，欧洲已不安全，她想到了美国。乱世之中，几乎是倾其所有，她终于拿到了一张"诺曼底"号邮轮的船票，横渡大西洋，去往美国。

世间相遇，都是注定。游轮上，海德维希遇见了美国著名的米高梅电影公司的老板——路易斯·梅耶。路易斯能够注意到海德维希是人之常情。人群里，她鹤立鸡群，哪怕是落魄逃难，也无法掩藏她的美。与路易斯的相识，给了海德维希重做演员的机会。这成为她只身前往美国的谋生之计。

那个年代，孤自一人逃难出国。

敢做且做到的人不多。

海德维希是一个。

邮轮上，海德维希与路易斯相谈甚欢，签订了为期7年的一纸合约。只是，路易斯认为海德维希的名字不能再继续使用，她得有个全新的身份。说到底，弗里茨这个军火大亨并不好惹，即便在大洋彼岸，小心一些总是好的。当邮轮抵达纽约港，踏上美国土地的那一刻，她已是海蒂·拉玛。

来到美国，来到米高梅，海蒂重新开始了自己的演艺生涯。然而，她长得实在太美了。美到，她有无演技，无人在乎。只需要她的一张绝世容颜，电影便能卖座。这是好是坏呢？起码，对海蒂来说在当下不算一件太坏的事。她被米高梅捧成了“世界上最美的女人”。

1938 年，海蒂在好莱坞主演的首部电影《海角游魂》公映，一头黑发的海蒂终结了金发美人霸占大荧幕的时代。她先后与米高梅合作了 20 多部电影，然而，无论她与多大牌的演员、导演合作，她总是饰演美艳、性感的角色。虽然这令她迅速走红，但是对于她来讲并不有趣。

就像当年学习通信专业的时候，她想当演员。如今，成为米高梅当红女星的她，又常常怀念起昔日放弃的通信专业。她不是只会表演，一心想红的寻常女演员。她既有学识，又精通理工。纳粹机密会议里听到的高端科技研究资料，成为她与弗里茨这段婚姻当中的最大收获。

她常一个人在家搞些小创造、小发明。

只有伟人相晤才会改变世界吗？

未必。

1940 年，初夏，一个寻常的下午，将改变未来世界。这个下午，有两个人，他们史无前例地坐到了一起喝咖啡。一个好莱坞女演员，一个明星美体顾问。听上去，这原本应该是一个女明星向美体顾问咨询如何变得更美的无聊下午。

一开始，的确如此。

海蒂从来不曾理会过这个叫作乔治·安太尔的邻居。乔治也未必真的在意这个性感美艳的女明星。两人在女演员珍妮·盖诺的家庭晚宴上才算正式相识。这个下午，由于接拍新片《齐格菲女郎》，海蒂被老板要求再瘦些。她只能向乔治咨询，便邀请乔治来家中做客。

这个下午，从好莱坞司空见惯的瘦身话题开始，两人闲话。也不知过了多久，突然他们聊起了点别的。乔治发现这个女演员有些特别，她的家中竟然有一张巨大的桌子，上面还有许多设计图纸，令他实在难以想象。同时，海蒂也意外地发现乔治并不是只知道教人美体瘦身。他还是一个音乐家，且爱搞科研。

忽然，他们的聊天变成一列失控的无轨电车。他们谈过去，谈当下，谈音乐，谈设计，谈从未与人倾诉过的话。谁能想到，一个女明星会和一个美体顾问，最后研究了一下午的“鱼雷操控”之类的军事问题。聊着聊着，两个人慢慢产生了“跳频扩频”的构思。这令二人兴奋不已。

仿佛刹那之间，海蒂的心思便从表演转移到了科研。这中间的跨度，犹如烈日之阳和冷夜之雪那么遥远。电影表演需要感性思维，通信工程需要理性思维。兼而有之，简直卓越。海蒂如此，乔治亦然。他们就像好莱坞这个名利场的两块稀有金属，天然多出了一分神秘和冰冷。

对一个女演员来说，科研发明实属“不务正业”。海蒂开始一心钻研她和乔治的科研，甚至，她为此丢失了《卡萨布兰卡》和《煤气灯下》等电影的出演机会。顶替海蒂的英格丽·褒曼凭借《卡萨布兰卡》一夜成名，更凭借《煤气灯下》斩获了第17届奥斯卡奖最佳女主角奖。

海蒂与好莱坞和电影渐行渐远。

海蒂·拉玛电影海报

1940 年初，海蒂凭借自己数学和通信工程两方面的卓越天资和乔治·安太尔开始研发飞机导航系统。1941 年，他们完成研究并设计了“频率跳变”装置，并在这一年的 6 月 10 日向美国国家发明委员会申请了专利。1942 年 8 月 11 日，海蒂和乔治的专利申请得到批复。

所谓“频率跳变”，简单来说就是网络时代和手机通信的技术根基。没有海蒂的“频率跳变”，便没有 CDMA 技术、蓝牙和 Wi-Fi。然而，海蒂太美。在她的美貌面前，她的智慧竟然无法得到重视。最后，就连乔治的妻子，也对丈夫日夜与美人黏在一起工作的事大为不满。

谁会相信自己的丈夫与海蒂日夜不离，是在做科研？哪怕有专利摆在面前，也无法说服乔治的妻子，让她相信自己的丈夫动机单纯。一切都可以理解。许久之后，某日下午，乔治带了一束黄色玫瑰敲开了海蒂的门。黄色玫瑰，代表什么？珍重与祝愿。他是来与海蒂告别的。

此生一别，两人再未相见。

当美国国家发明委员会与美国海军、联邦调查局开联席会议，研究这项发明能否投入军用之时，无人关注海蒂的图纸。他们只是不停地窃窃私语，讨论面前这个拿着图纸解说的绝色佳人。所有人，对海蒂本人的兴趣总是更大。美国是她避难的港湾。她热爱美国，可是美国并未一视同仁地重视她。

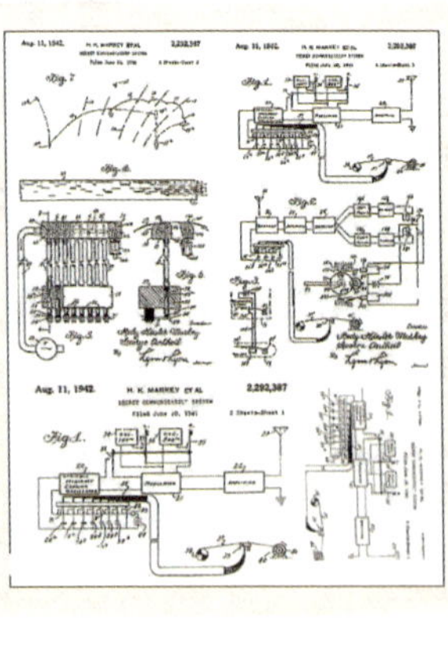

海蒂专利的手绘图

WESTERN EUROPE EDITION
THE STARS AND STRIPES
Vol. 2—No. 128 1 Fr. Monday, Nov. 19, 1945
Hedy Adds New Twist to War
Actress Invents Control Device While Toying With Torpedo Idea, Has Patent to Prove It

海蒂登上美国军方报纸《星条旗报》头版

当她的发明被美国政府和军方当作儿戏一般走了过场之后，那些人告诉海蒂，假如真的热爱这个国家，不如利用自己的美貌帮国家推销战争债券。海蒂照做了。她以“拍卖海蒂的吻”做宣传，为美国政府募集到了 2500 万美元的最高纪录的战争债券。而今，这相当于 3.5 亿美元。

多年之后，在加利福尼亚州的圣迭戈，一个无名小公司，得知了海蒂和乔治“频率跳变”的技术，利用它研发出 CDMA 无线数字通信系统，拥有了 CDMA 技术上的 3900 多项专利，授权全球 130 多家电信设备制造商使用其技术，收缴专利使用费。最后，这家小公司成了世界五百强，成为而今著名的美国高通。

电信通信业专家戴夫·莫克也在《高通方程式》一书说：“今天的扩频通信技术就起源于（海蒂）拉玛和（乔治）安太尔使用多频传输信息的概念……只要你使用过移动电话，你就有必要了解并感谢她。要知道，这位性感女明星为全球无线通信技术所做出的贡献至今无人能及。”

海蒂科研期间，虽然仍零星出演过几部电影，但是都名不见经传。当年顶替自己的英格丽·褒曼已一跃成为好莱坞最有价值的女明星之一。1945 年，海蒂与米高梅的合约到期。出演了米高梅的最后一部《公主与侍者》之后，她便离开了米高梅。

由于弗里茨的政治问题，海蒂的发明从未被美国政府正式地“公开”使用。二战结束，她只能回归表演。离开米高梅后，海蒂自己创立了一家电影公司，意欲东山再起。然而，日复一日，她的表演事业终无太大起色。纵然她曾被赞誉为“世界上最美的女人”，可好莱坞最不缺少的，就是美人。

1958 年，44 岁的海蒂宣布息影。

海蒂一生有过六段婚姻，除了军火大亨，她还嫁给过作家、演员、乐队指挥、石油商人和律师。与第二任丈夫作家吉恩 · 马基有一个儿子，和第三任丈夫英国演员约翰 · 洛德有一儿一女。1966 年，她出版自传《我与〈神魂颠倒〉》，讲述自己的隐秘情事，成为当年最畅销的自传之一。

1967 年，海蒂的电影公司也关门歇业。

对于自己一再失败的婚姻，海蒂说：“一直以来，我的面孔是我的不幸，它吸引了 6 个失败的婚姻对象，并且，在 50 年的岁月里，不断地带给我悲剧和心痛。我的脸是我不能移走的面具，我必须永远与它一起生活。我咒骂它。”

海蒂的后半生，孤寂凄凉。世间繁华，都是云烟。漫长岁月里，海蒂一直勇敢去拼，然而光阴待她并不温柔，她毕生所寻的安稳和温暖，终究不得。说起来，这一生她有过什么呢？较之于电影明星这个身份，或许科学家的头衔要更令她觉得受用一些吧。

1997 年，海蒂 83 岁。她成了一个离群寡居、深居简出、与世无争的老人。过往的岁月里，那些或璀璨或暗淡的往事，她早已不去想、不去念。

谁会想到，暮年寂静终被打破。有一天，一个叫作“美国电子前沿基金会”的组织给她打来电话，告诉她，要为她当年的发明颁发一枚先驱荣誉奖章。

老人笑了笑，挂断电话，并未去领。

2000 年 1 月 19 日，海蒂在家中去世。她的律师讲：“对于我来说，她一直是最完美的电影明星。她走路时总是昂着头。她非常漂亮。即使年老时，也是那么美。”据说，她是梦中而去，去时窗前的电视还开着。她在看什么？是往事的电光幻影？是岁月的石破天惊？没有人知道。

这一年，她 86 岁。

岁月终于平静如初。

2014 年，海蒂·拉玛入选美国发明家名人堂。对于海蒂来讲，这个荣誉来得实在太晚、太晚了。浮生若梦，所有的错失、遗憾、伤痛，终会一一回归尘土，消散殆尽。世间留下的，只有后世对她为时已晚的认可和追忆。然而，怀念无法回避。就好像，我想到她的时候，刚好问了你一句：

嘿，你连 Wi–Fi 了吗？

07

可可·香奈儿

唯一能够支持我前进的动力，就是你在这个世界上

一

人生可以有几种居住方式呢？

租一处别人的。
造一处自己的。
或车马为骑，路上行游？

生之琐细与艰辛，无非衣食住行。最难的是“住”。人得有个家。故而，无房的人生，听上去令人惶恐，仿佛无房便无家。我不觉得。什么才是家？你爱的人在哪儿，哪儿便是家。

一如《增广贤文》所云：“良田万顷，日食一升。大厦千间，夜眠八尺。”你所需要的，从不应该只是一座大房子。

当你遇见可可·香奈儿，你会发现另一种居住方法。她的一生有30年是住在酒店里。

人生，不过你借凡胎肉身，在喧嚣人间来去一回，从来都是客行途中。好比《昭明文选》里的两句诗：“人生如寄，多忧何为？”中国人的智慧，可可·香奈儿理解得十分透彻。是为女子，没有人比她活得更任性。

所谓“任性”。

也是“随心”。

来，我们聊聊可可·香奈儿。

二

1883 年 8 月 19 日，法国曼恩－卢瓦尔省的索缪济贫院，一个叫作让娜的 20 岁女子，产下一名女婴。她叫嘉柏丽尔·香奈儿。可可，是她后来自己取的名字。这是让娜和那个叫作阿贝尔的男子所生的第二个女儿。阿贝尔从未想过结婚。两个女儿，都成了私生女。嘉柏丽尔 15 个月大时，让娜方才成为合法母亲。

嘉柏丽尔之后，让娜还生了 3 个儿子 1 个女儿，最小的儿子早夭。父亲阿贝尔太年轻了，想要过的仍旧是自在无拘的浪荡生活。他很少在家。让娜一个人拉扯 6 个孩子过着贫苦的生活。反复怀孕让她的身体每况愈下。1895 年 2 月的寒冬，疲惫的让娜因肺病在家中那张冰冻刺骨的床上离开人世。

那年，嘉柏丽尔还未满 12 岁。

连让娜去世的时候，阿贝尔都不在身边。还能指望他什么呢？很快，阿贝尔不堪重负，回来把两个儿子送给了别人当免费童工，又把几个女儿送去了巴黎附近一个叫作“玛利亚圣心会修道院”的孤儿院。修道院所在的村庄叫作奥巴辛。多年以后，它因为嘉柏丽尔名满世界。然后，阿贝尔去了美国。

在孤儿院，她生活到 18 岁。

最好的少女时光，她在那个充满米色窗框和马赛克走廊的孤儿院里度过。她出身寒微，从不是什么天之骄女。父母都是普通的行游商人，走集串市，兜售围裙和罩衫。岁月待她，始终未见温柔。不见明媚，只有潮湿。在修道院，她学会了裁裳缝衣。她把日子攥在手中，靠一针一线，缝出举世无双、无可替代的一生。

18 岁，嘉柏丽尔离开了孤儿院。

成人之后，只有继续请愿当修女的人才能留在修道院。嘉柏丽尔自然不愿。好在，父亲的兄弟姐妹很多，据说有 18 个。当中，有两个姑妈与嘉柏丽尔很亲近。最小的姑妈阿德里安娜，只比她年长一岁，与她相伴多年，最是亲密。年长的姑妈露易丝没有子女，离开修道院，嘉柏丽尔去投奔了露易丝。

露易丝住在阿列省首府穆兰。

露易丝对她很好，除了帮她提升缝纫技巧，还会从报纸上剪下连载的言情小说给她看。她最爱皮埃尔·德库尔塞勒的小说。她在别人的故事里，看到了从不曾了解的人情世故。世间情意，最是婀娜。哪怕露易丝待她好，她也知道那不是自己的家。小说，让她对家、对爱有了深之又深的向往。

后来，露易丝帮她物色了一所教会学校。从小到大，她都不怎么起眼。她本就是一个贫穷人家的寻常女孩，没有什么令她与众不同的资本。直到教会学校的校长帮她找

了一份工作，日子才开始好转。她去了一家针织品铺子当店员兼缝纫女工。这份工作让她与隔壁一家的裁缝相识。

有时，嘉柏丽尔会帮隔壁的裁缝做些针线活儿。有一次，裁缝让她去给附近的驻军军官们缝补裤子。她便去了。她身材小巧，但眼神倔强。也是那次，她才意识到自己已出落成一个会令男子频频回顾的美人。军官们邀请她去参加为驻军举办的音乐会。她得去为军人表演。

可是，她能表演什么呢？

对了，她会唱歌。她唱了一首《谁见过可可？》。那首歌，写的是一名丢了爱犬的少妇。曲调欢快活泼，嘉柏丽尔唱得也好，惹得在座的军人们不停唤她“可可”。于是，她拿走了歌中那条走失的小狗的名字。可可·香奈儿，这个名字的来源并无什么惊心动魄的故事，也无什么神秘莫测的因果。

它来得简单、纯真又干净。

三

可可·香奈儿，这个名字诞生了。生命旅途变幻莫测，不经意的一个眼神、一次皱眉，说不定就会改变人的一生一世。如果没有露易丝，便没有教会学校。没有教会学校，便没有穆兰的那份工作。没有工作，她也不会认识那个裁缝，去给军官补衣，又怎么还能遇到艾提安·巴勒松？

艾提安是一名军官。他是嘉柏丽尔生命里的第一个男人。她是在距

2020 · 芭蕾舞剧《嘉柏丽尔 · 香奈儿》剧照

离穆兰不远的维希遇到艾提安的。艾提安是富家子弟，比嘉柏丽尔大3岁。于嘉柏丽尔而言，她对艾提安谈不上爱，可是迷恋。她迷恋的是，艾提安带给她的上流社会的奢华日常。

1905年，她离开穆兰，追随艾提安去了他的庄园。这座庄园位于霍亚里越，由一所古修道院改建而成，紧邻贡比涅国家森林。艾提安家业庞大，擅长骑马，社交甚广。他有很多情人。嘉柏丽尔只是其中之一。这段日子对嘉柏丽尔来讲，看似无忧无虑，可是并不容易。

依赖艾提安的日子，她竭力提升自己。她想变得与其他女人不一样。她不想当“其中之一”，她想变成“唯一”。她也会骑马。在马场，浓妆艳抹的情妇们穿着夸张繁复的华服争奇斗艳。唯独她不同。她穿男装，外套、裤装、白衬衫、打领带，还有一顶寓意深刻的帽子。潇洒之余，又令人惊艳。

男装，一点也没掩藏她的美。

1908年，她嘉柏丽尔遇到了亚瑟·卡柏。这个被人称作“卡柏男孩”的富商，是艾提安的英国朋友。他也成了她的此生至爱。如果说与艾提安在一起的生活，给了她奋斗并独立的意愿，那么亚瑟给她的就是香奈儿时尚帝国一切开始的动力和基石。艾提安的情人那么多，嘉柏丽尔又不是最年少的那一个，她看不到未来。

英俊多金的亚瑟也是一样。他从不缺少投怀送抱的美人，甚至其中还有有夫之妇。可是，在他眼中，无人能与嘉柏丽尔相比。她从不是最美的那一个，却总是最特别、最无可替代的那一个。艾提安的风流，嘉柏丽尔不能忍。亚瑟的风花雪月，她却能一一咽下。或许，没人比她更爱亚瑟了。

香奈儿和卡柏

亚瑟呢？他待嘉柏丽尔与任何女子都不一样。当她一颗心疲惫不堪，时时觉得自己会晕倒时，亚瑟说：“如果你觉得要晕了就倒下吧。我就在这儿，你不会有事的。你晕倒时，我就在这儿。”如果她不是嘉柏丽尔，亚瑟随时都可以离开她。可是亚瑟没有，他离不开。

1909 年，为了亚瑟，嘉柏丽尔离开了艾提安。她跳上火车，和亚瑟去了巴黎。1910 年，在亚瑟的资助下，她买下了康朋街 21 号。这是她的第一家女帽店，Chanel Modes。她受够了名媛们那些浮夸、不实用，甚至随时会掉的帽子。她要做出只属于自己的帽子。最初，嘉柏丽尔只想做好一顶帽子。

她的帽子，简洁优雅，宽大硬朗。以羽毛或缎带点缀，干净利索，是当时女子从未见过的。一经推出，便在巴黎的名媛社交圈里广受追捧。无论是豪门千金，还是当红女星，都分外迷恋嘉柏丽尔的帽子。10 月，在巴黎《戏剧画报》杂志上，她首度公开自己的肖像戴她自己设计的帽子。

1912 年，巴黎的《时装杂志》竟然用一整版篇幅报道了嘉柏丽尔和她的帽子。在巴黎时尚圈，这个未满 30 岁的女子初露锋芒，一鸣惊人。很快，她开始设计服装。1913 年，在诺曼底海滨的度假小城杜维埃，她开设了第一间个人品牌服饰店，贩售帽子和衣裳。海，给了她更多的灵感。1915 年，又在比亚利兹开了新店。

她的设计，最讲究舒适与自如。

浮夸的设计比比皆是。可是，一件衣裳连穿着舒服都做不到，怎么谈论时尚呢？又或者，从一开始，她的时尚观念便与造作惯了的旁人不同。最简单的嘉柏丽尔竟成了时尚圈最特别的存在，实在戏剧。再没有一件衣裳能比穿着无拘无束，更令人着迷的了。

香奈儿设计帽子

嘉柏丽尔的名字，开始变得家喻户晓。后来，一次小火灾烧焦了她少量的头发。她一狠心，拿起剪刀便剪掉长发，又脱掉了易脏的衣服，换上了一身黑裳。一头干净爽

香奈儿第一家帽子商店

利的短发和黑色连衣裙，令她再次成为社交名媛们争先模仿的对象。忽然之间，她的一举一动都成了潮流。

那些年，巴黎犹如文艺复兴时期的佛罗伦萨或米兰。无论绘画，还是雕塑，无论文学还是时尚，每一个领域都涌现出无数杰出之人，如毕加索、胡安·格里斯、莫迪里阿尼、马克斯·雅各布、皮埃尔·勒韦迪，还有，嘉柏丽尔·香奈儿。每个人，都是巴黎文艺史册上的一页传奇。

当年，亚瑟拿钱给嘉柏丽尔开店。他想，她大约也是一时兴起，设计、制作并兜售服饰并不是一件容易的事。或许她累了，便消停了，终会好好地、静静地待在自己的身边。可是，嘉柏丽尔没有像他想象的那样容易放弃。有一天，亚瑟忽然忧郁地对她说：

我以为我给了你一个玩具！

而我给你的是自由。

1918 年，嘉柏丽尔买下了三层楼的康朋街 31 号。在这里，她创立自己的精品店、工作室与时尚沙龙。她亲力亲为。所有内饰都亲手设计。这里，慢慢成为多年之后的香奈儿总部，成为巴黎时尚的聚焦之所，也

CHANEL 首家精品店在 1913 年的珍贵历史照片

成为世界潮流的风向标。它犹如一个魔盒，开合之间，变幻出闪光之美。亚瑟说得一点也没错。

嘉柏丽尔，从时尚当中得到了自由。

1919 年 12 月 22 日，亚瑟遭遇一场车祸，意外离世。嘉柏丽尔从没有想过，有一天亚瑟会离开自己。狮子座的嘉柏丽尔，犹如一朵桀骜的水仙，孤傲一世，如今却刹那萎谢。她曾对亚瑟说："一天又一天，唯一能够支持我前进的动力，就是你在这个世界上。"可是，他突然离开了，只剩她一人在这人世。

她该如何前进呢？

香奈儿著名的双 C 商标，既是可可 · 香奈儿（Coco Chanel）的首字母组合，也有香奈儿（Chanel）和卡柏（Capel）的联结暗示。他们甚至一起养育了孩子，那个身份成谜的安德烈 · 帕斯拉。有人说是嘉柏丽尔的外甥，有人说是她的私生子。而这，并不重要。重要的是，亚瑟愿与嘉柏丽尔一起照顾这个孩子。

亚瑟是计划过要娶嘉柏丽尔的。

命运不允。就差一点点，他们就结婚了。也就是差的那么一点点，亚瑟走了，嘉柏丽尔终身未嫁，孤独终老。1920 年 8 月，她在悲痛中，离开巴黎，去了威尼斯。她真的需要离开这个她开天辟地的城市，静一静。每一条街巷，都是往事。这实在太可怕了。她曾对作家朋友保罗·莫杭（《香奈儿的态度》作者）说：

失去了卡柏，我失去了一切。

她对朋友，向来慷慨。人生低谷，众人相陪。据说，多年后在威尼斯丽都岛，俄罗斯芭蕾舞大师谢尔盖·佳吉列夫去世，死时一贫如洗。他是嘉柏丽尔的朋友。嘉柏丽尔为他付清了他留下的所有账单。那天，还是她的生日。每个人深陷岁月泥沼，无法自拔几近窒息之时，都渴望有人伸手拉一把。

那人，通常是至亲，有时是朋友。

香奈儿在
20 世纪 30 年代
身着自己专为女性
所设计的裤装

四

1921年，在比亚利兹，嘉柏丽尔邂逅了流亡法国的俄罗斯贵族狄米崔大公。两人有过一段短暂的恋情。只是，对嘉柏丽尔来说，这段恋情远不如由狄米崔大公而认识的那个人重要。那个人是调香师恩尼斯·鲍，一个出生在莫斯科的法国人。是年，她和恩尼斯·鲍调制出了自己的第一款香水——香奈儿5号。

业界传奇香奈儿5号，由此诞生。

5，是嘉柏丽尔的幸运数字。据说，二战结束后，在巴黎的美国大兵们总会在香奈儿精品店门口排起长队，只为给家中那个殷殷盼着他们归去的女子带去一瓶香奈儿5号。数十年后，香奈儿5号成为玛丽莲·梦露最爱的香水，安迪·沃霍尔也曾以它为主题进行创作。

香奈儿5号，成了业界的一次革命，也是香奈儿旗下最赚钱的产品。

香奈儿5号

除了香水，还有她的服饰。她曾说："在巴洛克风格中，装饰抹杀了线条，过度窒息了人体……繁复的图案，层层叠叠，令人喘不过来气的蕾丝、刺绣、薄纱、荷叶边，已经使女人沦为悼念那已过时的浮华艺术的纪念碑。

"裙摆扫起灰尘，七彩霓虹能折射出的千般光彩，都被杂糅在一起，反而失去动人的颜色。"

香奈儿小黑裙

她要的就是纯净简洁、合乎时宜。

1923 年，举世闻名的“香奈儿套装”诞生。黑色羊毛面料，丝质内衬，精致剪裁，缝金色纽扣，缀以大颗珍珠，配齐膝短裙。这就是最经典的“香奈儿套装”。她是那样迷恋黑色，纯粹、深邃、幽静、娴雅。她说：“我是如此热爱黑色，它的力量，穿越时空，横扫万物。”

她用无瑕的黑色，征服了世界。

也征服了无数男子。其中，就有英国首富西敏公爵二世。据说，当有过两段婚姻的西敏公爵向嘉柏丽尔求婚时，她拒绝了。有人问她为什么，她说：“已经有太多公爵夫人了。然而只有一位可可·香奈儿。”这句话后来变成“公爵夫人可以有很多，但可可·香奈儿只有一个”，被无数独立女性所推崇。

1924 年，芭蕾舞剧《蓝色列车》在巴黎香榭丽舍剧院首演。这出舞台剧史诗般印刻在芭蕾舞史册上。创作阵容之强大，史无前例。剧本是尚·考克多写的，配乐由达律斯·米尧创作，雕塑家亨利·劳伦斯负责舞美，舞台布幕由毕加索绘制。

西敏公爵与香奈儿

嘉柏丽尔则以自己的 jersey 针织系列为灵感，为艺术家们设计演出服装。她对时尚的理解令人所有人望洋兴叹。那时候的巴黎是嘉柏丽尔的天下。她说：“一件衣服不是一出悲剧、一幅画，它是动人却昙花一现的创作，却非永恒的艺术品。

“时尚必须逝去，而且转瞬即逝，这样商业才能存活……时间越短暂就越完美。你不能去守护已经逝去的东西。”

20 世纪 30 年代，嘉柏丽尔去了美国。美国之行，缘起于狄米崔大公。在他的引荐之下，嘉柏丽尔与好莱坞著名制片人萨缪尔·高德温相识。时装与电影原本关联紧密。两人一见如故，谈创作，谈灵感，也谈到了合作。在萨缪尔的盛情邀约之下，嘉柏丽尔来到了好莱坞。

可惜，在好莱坞，嘉柏丽尔的发展并不平顺。她为好莱坞电影设计制作的演出服并不能确保电影卖座。

人人都指望她的加入能让自己的电影一鸣惊人。然而，服装造型从来不是电影成功的核心。电影失败了，反倒成了嘉柏丽尔的错。

这令嘉柏丽尔心灰意冷。她重返巴黎不久之后，二战爆发。一片混乱。

世事波诡云谲。

人心染苍染黄。

嘉柏丽尔的事业遭遇瓶颈。

世人以为，嘉柏丽尔的传奇会就此结束。可是，放弃是她最不擅长的。二战结束后，嘉柏丽尔卷土重来。1953 年，70 岁的她东山再起。第二年，她就发布了战后复出的第一个时装系列，哪怕新作反响平平。当时，甚至有人不怀好意地预测“香奈儿”会在 5 年之内倒闭。

然而，大洋彼岸的美国人站了出来。他们对嘉柏丽尔的再次认同和追捧，让“香奈儿”重又变得无可替代。1954 年 3 月 1 日，美国的 *Vogue Life* 杂志纷纷报道嘉柏丽尔和她的作品，对她充满了期待。*Life* 杂志用了整整四页的篇幅描述了嘉柏丽尔和“香奈儿”的故事。

美国模特玛丽 – 赫莲娜 · 阿尔诺在 *Vogue* 杂志上的香奈儿套装和连衣裙的展示，让香奈儿的美国订单刹那涌来。玛丽 – 赫莲娜也成了“香奈儿”在美国的御用模特。美国人的认可让香奈儿起死回生。好莱坞女星们纷纷成为“香奈儿”的拥趸。奥黛丽 · 赫本更是将“香奈儿”的小黑裙穿成世纪经典。

可是，传奇终要落幕。

五

她当了别人一辈子的情人，终身未嫁。爱情无须用婚姻证明。对她来说，爱情从来都只是她传奇一生的零星点缀。总有人觉得，她是在男人堆里游刃有余，才打出了天下。可是，我们想过没有？如果没有嘉柏丽尔，还有谁会记得，她曾经遇到过的那些男人呢？当然，寂寞一定是有的。

然而，她一生遒劲，从不妥协。
然而，她一生铿锵，从不怯懦。

1971 年 1 月 10 日，周日。88 岁的嘉柏丽尔前一天还在工作，设计最新系列的女装。这一天上午，她没有出门，梳妆打扮好，等着和朋友共进午餐。她的家，就是她在丽兹酒店六楼一间独居了 34 年的套房。酒店距离她的工作室只有几步路，没有什么比她的工作更重要。她在哪儿，她的家就在哪儿。

下午，与朋友告别回到酒店时，已近黄昏。忽然，嘉柏丽尔感到一阵倦意。她唤来女佣，便脱衣上床休息。晚上八点，她突然醒来大喊女佣的名字，她需要药。注射药水的时候，她还对女佣说：“你看，这就是一个人如何走向死亡。”她是那样镇定，镇定到仿佛生与死都在她的掌握之中。

离开的时候，她身旁无人。

月光照进她的卧房，依然能看到里面，那座中国乌木漆面屏风上的雕刻。有一只白羽凤凰，山茶花盛开在它的身旁。

嘉柏丽尔走后，她的寓所大门紧闭。“香奈儿”工作室的灯还亮着。寒冬深夜，仍有人在里面工作。工作结束，关灯下楼，出门离开。第二天，巴黎从沉默里苏醒，又一日璀璨光景。

太阳照常升起，“香奈儿”照常营业。

08

三毛

你过一生，抵得上别人的好几世

山川往来处，生死别离愁。

余华说过，活着的意义就是活着本身。可是，生而为人，一生一世，总会想要为了点什么而活。成就或者摧毁一个人的，也往往是一生所为的那点什么。于三毛而言，是为了爱。爱是补给，也是毒药，是空气、水和养分，也是壮丽梦想。因为爱，她曾活得潇洒漂亮。因为爱，她也曾肝肠断、坠黑暗。

1943年3月26日，她出生于重庆，后来随父母搬到南京生活了几年。父亲陈嗣庆，母亲缪进兰。她初名陈懋平，后来改名陈平，只因“懋”字难写。童年过得无忧无虑，令她一生纯真温柔。对文字的敏感大概是她的天赋。她中外经典都爱读，最爱的大概是《红楼梦》。她还学过画，师从顾福生、韩湘宁、彭万墀等人。

1948年，陈家移居中国台北。

居住的城市变了，家没变，她也没变。她仍是个诗书成瘾的姑娘，

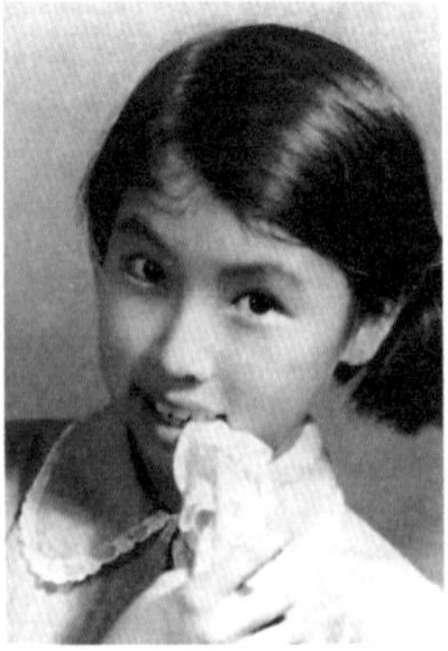

就连上学也在如饥似渴地阅读。这不仅影响了她的学业，也令她经常遭受老师的刁难。故而，读了几年书，她便休学在家，一边读书写作，一边继续学画。她读波德莱尔、加缪、芥川龙之介，也迷恋毕加索还说要找到他、嫁给他。

1962 年，19 岁的三毛在《现代文学》上以“陈平”的名义发表了自己的处女作《惑》。据说，这篇文章是经由教她画画的顾福生托付给了当时的杂志主编白先勇。在文学上，白先勇先生算是三毛的伯乐了吧。两年之后，三毛成了文化大学哲学系的一名旁听生。也是在这里，她认识了初恋，梁光明。

梁光明是个才子，会写文章，还出过两本书。三毛是他的读者。梁光明的文字总是具备魅惑人心的力量。三毛对于梁光明的心动便是始于他的文字。那时候，她还不懂爱，只知道跟着他、黏着他、缠着他，甚至要嫁给他。可是，年轻的梁光明却惧怕了，退缩了，逃走了。

世事多婆娑，初恋总磋磨。

结束了初恋，三毛带着一颗年轻蓬勃却又支离破碎的心，离开了台湾，去了西班牙，开始了她一生不灭的流浪。遗憾，并没有看上去那么值得惋惜。所有的遗憾都是成全。没有伤心的过去，便不会有孤注一掷，要走遍天涯海角的三毛。没有错过了三毛的梁光明，也就不会有马德里与三毛生死相依的荷西。

三毛在台北生活了很多年。可是，台北对她来讲，仿佛是一座长居的客栈，或是收拾旅途疲惫之后重新出发的港湾。她最爱的地方是西班牙。她说：“我决定来西班牙，事实上这是一个浪漫的选择。比较我所到过、住过的几个国家，我心里对西班牙总有一份特别的挚爱。”

那年，她在马德里一个中国朋友家里过圣诞，他也在。他只有17岁，三毛比他大6岁。因为他好看，所以三毛记得他。然而，哪怕常来常往，三毛也只把他当作弟弟。可是，这个名叫“Jose”，后来被三毛唤作“荷西”的年轻男人，是那样热烈地爱上了三毛，爱上这个名叫“Echo”的东方女子。

荷西总是逃课来看三毛，约她一起打棒球、骑摩托车、去逛旧物市场。有一次在公园，荷西说：“再等我6年，让我4年念大学，2年服兵役，6年以后我们可以结婚了。我一生的愿望就是有一个很小的公寓，里面有一个像你这样的太太，然后我去赚钱养活你，这是我一生最幸福的梦想。”他的话令三毛震惊、惶惑。

三毛拒绝了他。

她觉得，他还那么年轻，怎么能如此轻易地在自己的身上倾付一辈子的爱情梦想呢？她不敢担。于是，她说：“荷西，你才18岁，我比你大很多，希望你不要再做这个梦了，从今天起，不要再来找我。”她让荷西不要再来缠着自己。荷西说：“好吧！我不会再来缠你……除非你自己愿意，我永远不会来缠你。”

说完这些，三毛要荷西先走。他走的时候，手里还捏着那顶总是不戴的法国帽，一边跑着离开，一边回头挥手，一边说着“Echo再见！Echo再见！”。三毛怔怔地望着他的脚步，沉默不语，但内心如汤煮。三毛说：“那时我几乎忍不住喊叫起来：‘荷西！你回来吧！’”然而，她没有。未料，那日一别，6年相错。

荷西真的再也没有来过。

三毛知道自己当日的言不由衷。可是，她是那样倔强，不敢回头。她知道，有些爱，一旦接受，便再无退路。她急迫地开始新的生活，她去法国，去荷兰，去德国，去美国。一支笔，几本书，来去匆匆，从不驻留。能让她在什么地方留下来的，除了爱，不会是别的。可是，荷西还在她身后。

而她，只能假装从未发生。

而她，只能假装不曾有过。

1970 年，三毛回到台北。这年，她已 27 岁，当了一名德语老师，认识了一个德国男人。三毛总会吸引异国男子。许是因才华，许是因风情，抑或是在他们眼中，她就是绝代佳人。一头乌黑长发，一身波希米亚长裙。她的确美，可又不是传统意义上的美。与其说她的形容美，不如讲她对待生活和生命的态度，令人沉醉。

她从来不敢轻言一生。然而，德国男人向她求婚时，她竟答应了。人生有无数令人困惑难解的瞬间，伤害深爱的人，包容陌生的人，拒绝唾手可得的一生一世，接纳真假难辨的海誓山盟。三毛也是在感情旅途之中迷路过的人。可是，世事难料，就在确定婚期，印制请柬那日，他因心脏病猝死。

所有的婚约相关，都成了闹剧。

或许，较之于荷西，德国男人与三毛之间的情意略有不同。可是，嫁娶一事既有落定，也必定是爱过。未婚夫之死令三毛抑郁成疾。世间眷侣千万，何故只有她，总是不能得一人心而又白首不相离呢？她想不通，于是试图结束自己的生命。好在，她被救了回来。那年冬天，她再次离开台北，回到马德里。

这一年，三毛 29 岁。1972 年。

在马德里，三毛遇到荷西的妹妹伊斯蒂。一切是那样出人意料又极其平静地到来。那日，三毛是去住在西班牙的义父徐讦家中做客。忽然，她听到有人在叫“Echo！ Echo！”。闻声看去，竟是伊斯蒂，三毛差点没有认出来。伊斯蒂跟三毛聊到了荷西，荷西在南方参军，一个月后会回来。

听到荷西的名字，三毛心头一紧。她想到了他当年与自己的 6 年之约。眼看约期将到，她不知道他还记得吗？在伊斯蒂的请求之下，三毛给荷西写了一封信，只有一句话，她说：“荷西，我回来了！”其实，回到马德里的半年前，她收到过荷西的信和照片。他已不是从前的少年，他已长成伟岸的男人。

荷西的回信来得很快。他如孩子一般在画报上剪了许多潜水员的漫画贴在信中，还标注说漫画里的人就是现在的他。荷西回来那日，三毛竟然忘了，少女似的在外疯玩了一日。回到住处，才得知自己错过了十几通电话。不久，又接到女同学电话，叫三毛去她家中，有要紧的事。

到了朋友家中，三毛被带进一间房里。朋友叫她闭上眼睛，然后默默出去把门关上。不一会儿，三毛便听到有人开门，还未来得及睁眼，她便被一双宽厚的手掌从身后温柔地抱住。回头一看，正是荷西。只是，昔日俊美白净的稚嫩少年已变成满脸络腮胡的高大男人。

三毛大惊又大喜。

后来，三毛去了荷西的家。走进荷西的卧室，她看到房内三面墙壁上贴满了自己的黑白照片。刹那，她一颗心融化在荷西的家里，再不能自拔。只是三毛疑惑，她从未给荷西寄过照片。照片是从何处而来呢？荷西说，照片都是三毛从台北寄给马德里的义父徐讦的。他每每得知三毛来信，都会把照片底片拿去放大，再冲印留存。

世间难得真心。

从来没有过的，三毛如此想要嫁给一个男人，嫁给面前的荷西。她觉得，世上大概再也不会有人像荷西那样爱自己了。她直接问道："荷西，记得你 6 年前的话吗？你还想结婚吗？如果我告诉你，我要嫁给你，会太晚吗？""不晚，不晚。一点都不晚。"荷西激动得热泪盈眶。有些爱，经久不变。早一点，或者晚一点，它都在那里，从不离开。

1974 年，三毛与荷西去了撒哈拉沙漠。是年 7 月，两人在西属撒哈拉小镇阿雍结婚。结婚之前，她给室友留下一张字条，说她要去结婚了，然后便背起行囊，义无反顾地离开了马德里。也是这年，她终于以"三毛"的名义发表了第一篇作品《中国饭店》。世间先有荷西，后有三毛。

与荷西在一起的，才是最好的三毛。

在撒哈拉，三毛用自己的笔记录下她的爱情、日常，她在异域所闻所见的奇趣与温暖。从《白手成家》到《素人渔夫》，从《荒山之夜》到《娃娃新娘》，从《沙漠观浴记》到《爱的寻求》，每一篇文章都明朗又洒脱、纯真又生动。她在爱情和旅行中写作，感染了无数人。

1976 年，两人离开撒哈拉沙漠，迁居加纳利岛。在这里，他们生活了 3 年。这也是他们居住时间最久的地方。3 年之后，三毛追随荷西，去了丹娜丽芙岛十字港生活。那年，三毛的父母还特地来看望他们。荷西

用并不熟练的中文叫了“爸爸”和“妈妈”，这对一个土生土长的外国男人来讲，实在不太容易。

父母待了一个月便回了台北。离开那天，三毛陪同一起坐飞机去往伦敦，送父母回台北。在飞机场，她看到荷西跳过机场的花丛，向她和父母挥手。他的身姿、形容、神情，每一样都令三毛铭刻在心。当时，身旁有位太太问三毛，那是她的丈夫吗？三毛说是。两人聊了几句，三毛才知道，她是个孀居的可怜人。

孀居的日子是何滋味？她并不知道。她也不知道自己有一日竟会变成和那名女子一样的人。三毛也不曾想过，机场一别便是永诀。两天之后，三毛便收到了荷西潜水意外丧生的消息。荷西的好友打捞到了他的尸体。这一天，是 1979 年 9 月 30 日。世间深情，总以死亡来结束。

避得开生离，躲不过死别。

三毛所有的爱，都给了荷西。如今，荷西不在了，连同三毛的爱，也被他一同留在了大海。三毛把荷西葬在了从前两人散步经过的墓园。她说：“过去，每当我们散步在这个新来离岛上的高岗时，总喜欢俯视着那方方的纯白的厚墙，看看墓园中特有的丝杉，还有那一扇古老的镶花大铁门。”

在那儿，荷西可以看到他最爱的大海。

墓碑上，她只留下了最简单的话：

荷西·马利安·葛罗——安息

你的妻子纪念你

荷西之死，带走的不只有三毛的爱，还有三毛一生的明媚与温柔。生活总要过下去，她只能佯装自己还能好好过下去。孀居一年多之后，三毛离开了加纳利岛，回到台北定居。自荷西去世后，三毛郁结难舒。她甚至也想过用极端的方式，结束内心的痛苦。还好，她没有。只是一颗心，在回忆之中，被紧紧攥住。

她所有留下的能量只能交付文字。

1981 年，三毛在台湾《联合报》的资助下，开始旅行写作。在中南美洲旅行半年之后，三毛出版了回国之后的第一部作品《万水千山走遍》。此书面世之后，便极受欢迎，三毛也成了“大家的三毛”。她受母校文化大学校长张琦昀之邀，回校教书，同时也开始举办演讲，与读者交流。盛名之下，她仿佛也快乐过。

然而，功名背后皆是尘土。

除了教书、演讲，旅行和写作才是她生活最主要的内容。她去过那么多国家和城市，也去过大陆，到过新疆和成都。她认识了很多人，也被很多人爱护。林青霞、刘墉、琼瑶、廖辉英、王洛宾等，每个人于她而言，都是益友良师。谁也不曾料到，会有一日，她突然离开，永不回来。

据说，1986 年的时候，三毛曾经回过一趟加纳利岛，把昔年跟丈夫住过的房子卖掉。她只匆匆登了一则广告，以不足原价一半的价格卖给了当地人。家中所有的物事，包括家具、衣物、书、藏品和那辆白色的福特汽车，连同荷西最爱的罗盘和沙漠玫瑰石，她也纷纷送给了朋友。

她试图忘却所有，重新来活。

她真的，为此努力过。

可是，她终究做不到。

1989年，三毛开始创作电影剧本《滚滚红尘》。初写剧本，便获成功。1990年，电影上映之后拿到八项金马奖。唯一的遗憾是，三毛提名最佳编剧却未能拿奖。

是年年底，三毛因子宫内膜肥厚进入台北荣民总医院医治。1991年1月2日，三毛手术成功，开始疗养。一场病下来，三毛精神状况急剧变差。

三毛没有送过母亲生日礼物。可是，这年她不仅送了，还提前送给了母亲。母亲问她为什么，她说“怕晚了来不及”。两日之后。1991年1月4日，三毛走了。在病房的卫生间，她用自己的方式结束了自己的生命。

其实，她这一生已经活得十分精彩。遗憾的是，“生死”二字在她的履历里，如此突兀刺眼。颓败的收尾，令世人咋舌惋惜，总觉得她不该如此，总觉得她可以更好。然而，她一生所求从来也不是编织一段人间传奇。哪怕，她已然就是自己那个时代里，最独树一帜的女子。

有人讲，较之于文学成就，三毛更大的影响力是她的生活方式。在旅行中提笔写作，在漂泊中寻觅归宿，在不安中得到安宁。因为无数的不确定与可能性，她的人生显得尤其美丽。庆幸，岁月跌宕这么多年，她竟离我们越来越近。仿佛，她是人生路上结伴旅行的领头人。

她在远处频频挥手，让身后的我们朝她靠近。

死是不可避免的，如何活过这一生最要紧。怎么死，从来比不过怎么活来得重要。三毛之痛来得那样剧烈，以致这个小小女子惶惑之中匆匆离场。假如她愿意等一等，人生是否会有别开生面的下半场？或许，那一头的三毛也曾微笑叹息，想着来世要好好走完此生没有走过的剩下的路。

廖辉英说：

你过一生，
抵得上别人的好几世。
生命的意义，
或许你的诠释比较美丽。

走的时候，三毛 48 岁。

附

三毛语录

人，真是奇怪，没有外人来证明你，就往往看不出自己的价值。

每想你一次，天上飘落一粒沙，从此形成了撒哈拉。

我们经历了过去，却不知道将来，因为不知，生命益发显得神奇而美丽。

没有一个人真正知道自己对生命的狂爱的极限，极限不是由我们决定的，都是由生活经验不断的试炼中提取得来的认识。

生活是好的，峰回路转，柳暗花明，前面总会另有一番不同的风光。

坚持自己该做的固然叫作勇气，坚持自己不该做的，同样也是勇气。

我爱哭的时候便哭，想笑的时候便笑，只要这一切出于自然。我不求深刻，只求简单。

人活在世界上，最重要的是有爱人的能力，而不是被爱。

人，不经过长夜的痛苦，是不能了解人生的。

最最优美的钻石，往往深埋在地底的最深处。

放开这些内心深渊的对话，去享受十五分钟只晒太阳的初春。

朋友中之极品，便如好茶，淡而不涩，清香但不扑鼻，缓缓飘来，似水长流。

我们一步一步走下去，踏踏实实地去走，永不抗拒生命交给我们的重负，才是一个勇者。

岁月极美，在于它必然的流逝。春花、秋月、夏日、冬雪。

不怨天，不尤人，自得其乐最是好命。

平凡简单。安于平凡，真不简单。

做人做事，唯有眼低手高，才能意气平和。

男人是泥，女人是水。泥多了，水浊；水多了，泥稀。

金钱最公平。富人不快乐，穷人不快乐，不富不穷的也不快乐。

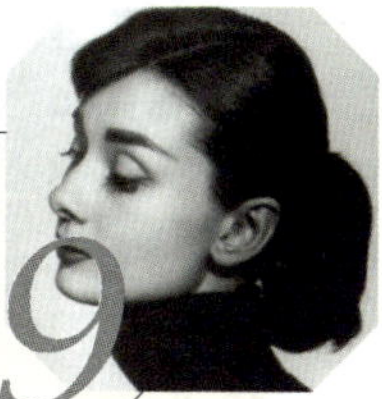

09

奥黛丽·赫本

关于优雅的正确打开方式

初

假装沉睡，也无用。

是梦，便会醒。

几年前，你要我陪你看《罗马假日》。我未应允。如今，你已不在我身边，再想要一分一秒也不能够。人啊，就是这样，永远都是失去之后才道珍惜。这个道理人人都懂，然而，非得失去才肯罢休。现在，一个人看《罗马假日》，看着看着，仿佛你仍在身边，唤你一声，你便过来。

1953·电影《罗马假日》剧照

你常说，你最喜欢的女演员是奥黛丽·赫本。本不在意，现在，你已不在。顾念往事，又因为你，想去了解。我想知道，她是怎样的一名女子，可以令你如此爱赞？可是，不懂珍惜之人不配怀念从前。只是难过，难过的是，我也喜欢上你喜欢的奥黛丽·赫本时，已经无法让你知晓。

1929年5月4日，奥黛丽·赫本出生在比利时布鲁塞尔。她曾说过："如果将来我要写自传，开头会是这样：1929年5月4日，我出生在比利时布鲁塞尔……六周后，我告别人世。"为何是六周？只因当时这个小小女婴患上百日咳。襁褓之中，已历生死，这场病，差点让奥黛丽夭折。

母亲艾拉·凡·赫姆斯特拉是个基督教徒，一心求祷上帝，迟迟未将女儿送医，是让病情加剧的缘故之一。最严重时，她身体发紫，也没有呼吸。好在，母亲慌乱之中一顿拍打，让她苏醒过来。她的一生要比6周长得多。甚至，在她真的离世之后，她的一生也仿佛从未结束。

奥黛丽是名门之后。母亲艾拉是荷兰人，荷兰皇室的直系贵族后裔，出生即有爵位。可惜二战爆发之后，荣耀门楣付之一炬。艾拉有过两段婚姻，与第一任丈夫育有两个儿子。奥黛丽是艾拉和第二任丈夫约瑟夫·维克多·安东尼·赫本·拉斯顿唯一的女儿。她的全名是：奥黛丽·凯瑟琳·赫本·拉斯顿。

她的一生与几组词密不可分。

战争与饥饿。

芭蕾和表演。

朋友与纪梵希。

爱、孩子和儿童基金。

战争与饥饿

奥黛丽是英国人。

她的母亲虽是荷兰皇室后裔，但是数代过去，她的身上有了荷兰、法国和匈牙利的血统。父亲约瑟夫是出生在捷克波西米亚地区的英国人。奥黛丽也一直是英国籍。这样算来，奥黛丽拥有四种以上的血统。可惜，父母婚姻并不和睦。

她6岁时，父亲离家而去，再未归来，一别便是20年。

奥黛丽出生之后，随父母去了英国伦敦。父亲离开之后，母女二人又搬回母亲的故乡——荷兰的阿纳姆。奥黛丽的外祖父，时任阿纳姆市的市长。安生日子不过几年，1939年，二战爆发，荷兰成了欧洲最先被德军纳粹侵略占领的国家之一。

饥饿、逃难、死亡，充斥着整个世界，包括荷兰。

每天都有人被活活饿死。

赫姆斯特拉家族原本的富庶，也因战祸荡然无存。长期的饥饿令奥黛丽严重营养不良。就连“奥黛丽”这个看似像犹太人的名字，也生怕因此遭祸，被母亲几次涂改。

德军纳粹的反人类暴行，就在奥黛丽的眼前上演。父亲的消失、战争的荼毒，令奥黛丽从童年时代就已失去了安全感。

活下来的人，越来越少。最不幸的是，荷兰又是战争结束时最后被解放的国家之一。反法西斯战争胜利的时候，联合国儿童基金会和红十

字会来到了阿纳姆。他们带来了食物、药品和服装。所有的学校都成了援助中心。多年以来，奥黛丽第一次能安稳地吃饱一顿饭。

那时，在阿纳姆郊区的一个村庄里还有一个叫作罗伯特·沃尔德斯的少年。他在距离奥黛丽不远的地方，与她一同身陷战争的水深火热，和她一起历经灾难的生死不定。只是，当年他们并未相识。几十年后，从战争中活下来的两个人，在遥远的异国他乡，竟奇迹一般地相逢于人间。

他就是奥黛丽最后的伴侣。

当年，奥黛丽还为反法西斯抵抗组织传递过秘密消息。她把信息放在鞋子里，传递给抵抗组织的游戏队员。纳粹士兵很少会对非犹太裔孩子进行全面仔细地盘查，因此，奥黛丽得以侥幸地避开了盘查。她亲眼见到过成群结队的犹太人被德军押上火车送往集中营，那些画面令她一生难以忘怀。

后来，著名的《安妮日记》问世。写下这本日记的安妮·弗兰克，曾在集中营被关押了25个月后惨遭杀害。她用日记记录了战争。这个犹太少女，成了世人良心的一种映照。安妮一家是德籍犹太人，一路逃到荷兰，还是被捕。除了父亲奥特·弗兰克活着逃出来，全家都死在集中营。

《安妮日记》甫一出版，便轰动全世界。好莱坞筹备拍同名电影时，安妮这个角色，最先找的就是奥黛丽。可她没有同意。安妮与她同岁，她们生活在同一座城市，经历了同一场战争。只是，一座监狱相隔，安妮在里面，奥黛丽在外头。德军的法西斯暴行，奥黛丽亲见亲历。

她无法重来一回。

芭蕾和表演

战争，也夺走了奥黛丽的梦想。

二战结束之时，奥黛丽已经16岁。她最大的梦想，是跳芭蕾舞。二战爆发，导致奥黛丽从小开始的芭蕾舞训练戛然而止。加之战争时期，正值她的发育年岁，长期的营养不良，导致奥黛丽患有哮喘。战争结束后，她立刻跟母亲离开阿纳姆，返回伦敦找到当年的舞蹈老师玛丽·兰伯特，继续学习。

玛丽在芭蕾舞界十分有名。奥黛丽从小一直跟随玛丽学习。她本以为能够重续梦想，不料多年过去，自己的骨骼、肌肉已经成长定型。见

到奥黛丽后，玛丽喜出望外。奥黛丽本是她门下最有天赋的学生。可是，以当时的年纪，奥黛丽再继续学习芭蕾舞，实在是为时已晚。

玛丽虽痛心，但无能为力。

为了安抚奥黛丽，玛丽请她在学校兼职，也多一份生计。奥黛丽曾回忆说，她永远不会忘记那一天。刹那之间，她失去了对未来的全部期盼，世界的黑暗仿佛从未消失。她回到宿舍，躺在床上，心如死灰。芭蕾舞是支撑她熬过战争和饥饿的唯一动力。谁知，梦想竟与战争一并结束。

直到她遇见西多妮·科莱特。

西多妮·科莱特，法国国宝级女作家。她一生跌宕哀艳，颠沛流离亦能烟视媚行。奥黛丽亲口说过，西多妮是她的伯乐。当时，奥黛丽和母亲相依为命，十分拮据。无法跳舞，只能回到荷兰。想要读书，也无学费。谋生是当务之急。此时，荷兰国家航空公司（KLM）给了她一个机会。

百业待兴之际，KLM 重整旗鼓，筹拍旅游纪录片，意欲振兴旅游业。为此寻征少女，要求是形象出众，精通荷兰语和英语。母亲看到寻征广告，询问了女儿意见。为谋生，奥黛丽已开始当女帽模特。较之模特而言，当一名演员，自然是一个更好的选择。形象和语言，对奥黛丽而言，不在话下。

1948 年，19 岁的奥黛丽成功试镜，出演了荷兰旅游宣传片《荷兰七课》。这是奥黛丽的银幕初秀。之后，她开始四处应征。同年，百老汇音乐剧《高跟纽扣鞋》招募演员，应征者超过 3000 人。三千取十，奥黛丽脱颖而出。之后，她又参演了音乐剧《鞑靼酱》、歌舞剧《开胃酱》。

慢慢地，她受到了电影人的关注，得到机会，出演一些小角色。1951年，她参演了电影《天堂里的笑声》《野燕麦》《少妇轶事》和《拉凡德山的暴徒》。1952年，又在电影《双姝艳》和《去往蒙特卡洛》里出演配角。拍摄《去往蒙特卡洛》之时，奥黛丽跟随剧组去法国南部取景。

就在那时，她被西多妮看到。

西多妮正好住在剧组下榻的酒店。当时，西多妮正在筹备自己即将在好莱坞上演的舞台剧《金粉世界》。这部作品是根据西多妮的代表作《吉吉》改编而成。后来，还拍了同名电影。奥黛丽的从艺生涯，从这里，才算正式开始。在人群里看到奥黛丽的西多妮，大喊：“我找到了我的吉吉！”

彼时，西多妮已经是个70多岁坐在轮椅里的老太太。作为法国文坛最重要的作家之一，老太太一生自由、狂放，对自己笔下人物更是极端爱护。无论是改编成舞台剧还是电影，绝不草率，永无敷衍，更何况是女主角吉吉。在遇到奥黛丽之前，没有一个演员令老太太满意。

1952年，奥黛丽去了好莱坞，出演舞台剧《金粉世界》女主角吉吉。没有西多妮，便没有奥黛丽。这部戏，在百老汇上演了219场。奥黛丽名声大噪，凭此一角，拿到托尼奖最佳女主角奖。在《金粉世界》演出的台下，有一名观众叫威廉·惠勒。他就是电影《罗马假日》的导演。他也看中了奥黛丽。

1953年9月2日，世纪经典《罗马假日》上映，惊艳影坛。女主角“安娜公主”成为她最令世人难忘的银幕形象之一。电影的男主角格利高里·派克，和她的友谊也延续了一生。1954年，奥黛丽更是凭借此片，一举问鼎第26届奥斯卡金像奖最佳女主角。“奥黛丽·赫本”之名，由此风靡。

这一年，她只有25岁。

朋友与纪梵希

一部电影改变了奥黛丽的一生。

在好莱坞，奥黛丽的从艺起点很高。第一部百老汇舞台剧是大文豪西多妮的手笔《金粉世界》，第一部好莱坞电影是为她拿到奥斯卡最佳女主角的《罗马假日》。从此，奥黛丽的表演生涯如鹏展翅，扶摇直上。从1952年到1967年，这15年间，她5次提名奥斯卡最佳女主角。

奥黛丽性格内向，她既不懂左右逢源，也绝不会睚眦必报。她想要的东西很少。只是安稳，再无流离。她凡事只求简单，也正是因为简单，她从不与人针锋相对。不争不抢，与人为善，反而令她得到更多，人人愿与之靠近。只要与人来往，她必微笑相迎。微笑，是她坚守一生的礼仪。

和奥黛丽拍《罗马假日》之时，格利高里·派克已是资深演员。初出茅庐的奥黛丽，对他而言，其实不大重要。可她的单纯，令人疼惜。电影宣传时，格利高里愿意提携奥黛丽，将她的名字和自己的名字放在一起宣传。他不忍将这个远道而来又默默无名的女孩扔在一旁，只有自己一枝独秀。

1953·电影《罗马假日》剧照

格利高里年长奥黛丽 13 岁。

二人银幕情侣的形象深入人心，媒体对他们的关系一直多有揣测。宣传《罗马假日》之时，媒体逼问少不更事的奥黛丽，是否迷恋格利高里。素来彬彬有礼的格利高里，第一次对媒体大发脾气，挡在奥黛丽的面前，斥责媒体欺压新人。此后，关于二人不实的传闻变本加厉，愈加猖獗。

最著名的两个故事，至今仍是世人茶余饭后的谈资。第一件事，说在奥黛丽大婚之时，错失她的格利高里送给她一枚蝴蝶胸针。这枚胸针，奥黛丽 40 年不离身。奥黛丽去世之后，格利高里重金购回，陪伴至终。第二件事，说奥黛丽去世之后，年迈的格利高里亲吻了棺木，终于告白。

故事很浪漫，但都是假的。

奥黛丽一生清简，从不追求台面，更不哗众取宠。无论处理工作，还是与人来往，不浮夸、不虚伪，真诚来去、素心以待。个人生活，更是朴素。在家，她穿的总是一双芭蕾舞鞋和一条长裙。可是，她穿什么，都格外优雅美丽，令人神往。电影《罗马假日》的“赫本头”至今仍有人模仿。

在好莱坞连战连捷的奥黛丽，工作量剧增，辗转欧美各地。《罗马假日》之后，她接到电影《龙凤配》的邀约，与好莱坞大腕儿亨弗莱·鲍嘉主演。1953 年，去巴黎采购服装，她拜访了服装设计师休伯特·德·纪梵希。见面之前，只听说来的人是“赫本小姐”，休伯特激动不已。

他以为是大明星凯瑟琳·赫本。

见到奥黛丽时，他发现面前站着的只是一个穿着威尼斯船夫外套的年轻女孩。来的不是电影皇后凯瑟琳，而是小小的奥黛丽。休伯特只比奥黛丽大两岁。年纪相仿，休伯特一下轻松起来。奥黛丽始终一脸微笑。瞬间，休伯特便喜欢上这个女孩。

他看到了她的光芒。

两人一见如故，这份友谊也延续了一生。后来，休伯特的时尚品牌"纪梵希"成了奥黛丽永久的服装供应商。在电影《龙凤配》里，奥黛丽的一身露肩洋装，成了纪梵希广受欢迎的经典女装。之后，在电影《蒂凡尼的早餐》中，休伯特为她量身定制的一袭黑色长裙也是惊艳无数人。

电影《龙凤配》宣传照

1961 · 电影《蒂凡尼的早餐》海报

休伯特曾说；“赫本即使只是披着一个装土豆的口袋，也能够显露出高雅的气质。”她就是那种可以驾驭所有衣服的女子。他们彼此信任。从那时起，直到奥黛丽病故，休伯特也不离不弃。他们之间的友谊比各自的任何一段爱情都要持久。所谓知己，便是如此。

1957 年，纪梵希推出第一款香水，休伯特把这瓶对自己意义非凡的香水送给了奥黛丽。奥黛丽为这支香水拍摄的平面广告，也成为她留下的最经典照片。1983 年，纪梵希品牌诞辰 30 周年，休伯特还特地邀请奥黛丽一家去日本，参加了纪梵希在东京举办的高定时装发布会。

奥黛丽一生节俭。无论何时，休伯特对奥黛丽总是一呼即应。1992 年 12 月，奥黛丽在美国查出病情之时，十分虚弱，无法周全琐事。可是，临近圣诞，奥黛丽想离开美国，回到自己远在瑞士的家中。休伯特知道后，立刻派出一架私人飞机，将奥黛丽一家从美国送回瑞士。

而她，是连头等舱都不肯坐的人。

爱、孩子和儿童基金

奥黛丽一生所缺，是一个安稳的家。

她一直是英国籍，出生在比利时，少年生活在荷兰，常去美国工作，最喜欢的是意大利罗马，最后定居在瑞士。她亲历过战争、生死、贫穷。一生有四段感情，结过两次婚，有两个儿子。她养了好几条狗，还养了一只梅花鹿。她喜欢和朋友交换菜谱，吃得很少，最爱巧克力和番茄汁意大利面。

第一段感情，是和詹姆斯·汉森。

奥黛丽 21 岁时，两人在一次舞会上相识。詹姆斯外形出众、家世良好，奥黛丽不免心动。可是，母亲却很不赞同。舞台剧《金粉世界》公演期间，两人宣布订婚。当时，是奥黛丽迅速成名时期，工作量巨大，两人聚少离多。《罗马假日》的拍摄延期，导致婚礼取消，最终未能成婚。

第二段感情，是和梅尔·费勒。

他是美国的电影人，既当演员，也做编剧。他年长奥黛丽 12 岁。电影《罗马假日》不仅带给了奥黛丽荣耀，还有爱情。1953 年 8 月 20 日，《罗马假日》首映结束后的宴会上，经格利高里介绍，奥黛丽遇见了自己的第一任丈夫梅尔，一个已经有过三次失败婚姻的男人。但奥黛丽并不介意。

1954 年 9 月 24 日，奥黛丽与梅尔在瑞士卢采恩湖畔的一个小教堂举行了婚礼。两人婚姻远不似媒体所言那般不睦。他们常常一起下厨，有过非常相爱的时光。一心想要当一个母亲的奥黛丽，因身体虚弱，流产两次。1960 年 7 月 17 日，她才生下儿子肖恩 · 赫本 · 费勒，也是她和梅尔唯一的孩子。

在事业上，奥黛丽如日中天。1965 年，她还在瑞士买了一幢住宅，与丈夫安家。可是，梅尔前途屡屡受困，两人婚姻渐有瑕疵。对此，唯肖恩最有发言权。他说，“（母亲）总是全身心投入地爱着她的丈夫”，父亲则变成一个“暴躁不安、极端情绪化”的人。连他也觉得父亲“需要学习如何去处理自己的感情”。1967 年 9 月 1 日，两人宣布离婚。

离婚之后，奥黛丽宣布息影。

第三段感情，是和安德烈 · 多蒂。

他是一名精神科学者，也是个心理医生。意大利人，既在罗马大学教书，也与人开业行医。1968 年，奥黛丽去希腊旅行，途中与安德烈邂逅。遇到安德烈的时候，奥黛丽已经 38 岁，比安德烈年长 9 岁。此时，奥黛丽不单有倾城容色，更是风情万种。安德烈深陷其中，不能自拔。

安德烈在精神与心理领域研究颇深，他知道奥黛丽身陷一段失败的婚姻时需要什么。他足够了解人性，足够了解心理。他也成功地俘获了奥黛丽的心，得到了这个令世人着迷的女子。1969 年 1 月 18 日，他们在瑞士举行了婚礼。1970 年 2 月 8 日，奥黛丽产下次子卢卡 · 多蒂。

这次，为了维系自己的家庭完整，奥黛丽愿意留在家中相夫教子，当一名寻常主妇。功名利禄皆可抛，她要的，就只是一个安稳的家。然而，命中不允。安德烈是个情种，他得到奥黛丽却并不珍惜。安德烈寻花问柳，常被媒体曝光。1975 年，婚姻无望的奥黛丽复出工作。

1981 年，这段婚姻正式结束。

第四段感情，是和罗伯特 · 沃尔德斯。

他是荷兰人，也是一名演员。与安德烈的婚姻苟延残喘的最后，奥黛丽才与罗伯特相识。见惯了男人们失智一般的狂恋，她深知当中的不可信赖。罗伯特与她平生所遇各色男子都不一样。他因经历过失败婚姻，变得同奥黛丽一样小心翼翼。两人来往，凡事讲究分寸。

只有他，被奥黛丽视为灵魂伴侣。

从 1981 年直到奥黛丽去世，罗伯特陪伴她整整 12 年。然而，他们一直没有结婚。只是两个人做伴，相濡以沫，一起生活。他从来没有成为奥黛丽法律层面的丈夫，可他是唯一真正与她相配的男子。奥黛丽晚年的安稳，都与罗伯特有关。两个儿子肖恩和卢卡对他也都很敬重。

从 1969 年息影到 1975 年复出，奥黛丽沉寂了 7 年。她在自己最好的时候中断了事业。复出时，她已 46 岁，后辈频出，电影事业已不能和当年同日而语。最好的时光，一去不回。她从不后悔。她把所有时间都给了两个孩子。她觉得，世上没有任何东西可与她的孩子相提并论，包括电影。

孩子，是她晚年岁月的唯一主题。

原生家庭带给奥黛丽的缺失，一生无法寻得弥补。她能做的，就是尽量给了自己的孩子完整的爱。或许，这也是结束两段婚姻之后，她仍愿与前夫保持联络、共同照顾孩子的缘故。还好，有了罗伯特，她的晚年才得到最大程度的充实。罗伯特还给她介绍了一份特殊的工作。

去联合国儿童基金会。

1987年，奥黛丽正式成为联合国儿童基金会亲善大使。这是一个曾经也救助过她的公益组织。所以，奥黛丽晚年一直专注于非洲贫困儿童的救助工作。从埃塞俄比亚到肯尼亚、索马里，她的旅途从未停止。在罗伯特的陪伴下，奥黛丽连续工作5年，从无懈怠，直至病发前夕。

奥黛丽一生过得简朴。

因她知道，还有孩子在挨饿。

终

1992年，从索马里归来，奥黛丽便感到身体明显不适。她经常胃疼。

10月，她受邀前往洛杉矶拍摄纪录片《世界花园和奥黛丽·赫本》。这是奥黛丽此生最后一次出现在银幕之上。趁此机会，奥黛丽做了一次全身检查。医生当下无法精准诊断，需要更深入地查验。11月1日，奥黛丽从西奈山伊坎医学院拿到诊断结果：癌症。

更加不幸的是，奥黛丽的病情被耽误太久，癌症已经扩散。治疗已经为时已晚。对待自己的病情，除了肉体上需要忍受的痛苦，大部分的时候，她都十分平静。

每次来到洛杉矶，奥黛丽都会住在女友康妮·沃尔德的家里。40年前，拍完《罗马假日》的时候，她们便已相交。

这次，也不例外。

奥黛丽一生密友三五，除了休伯特、格利高里，康妮也是其中之一。她是与奥黛丽来往关系最密切的女性。两人平素来往，连名字都会省去。甚至，康妮会直接用电影里的女仆名字称呼奥黛丽。两人总是互相取笑，又一直深深相爱。这一次，看到面前形如枯槁的奥黛丽，康妮几近崩溃。

每日，康妮都要亲自为奥黛丽熬煮鸡汤，白天陪她散步，晚上陪她看电视。昔日少女之间嬉笑怒骂的青春过往，永不再回，只剩两个老人相互依偎。眼下，除了奥黛丽的家人，便是康妮与她朝夕不离，时刻伴她左右。奥黛丽一直在康妮家住到临近圣诞，她才想要回家。

化疗全无作用。

奥黛丽病情持续恶化。

圣诞前夕，好友休伯特派来一架私人飞机，护送奥黛丽一家离开洛杉矶。12 月 20 日，奥黛丽回到瑞士家中。她的住宅，位于瑞士的莫尔日一个叫“特洛什纳”的村庄。自 1965 年，奥黛丽买下这幢建于 18 世纪的宅子，她在这里已住了 28 年。奥黛丽还为这座宅子取了一个名字——“和平之邸”。

和平，是她的毕生所愿。

1992 年 12 月 25 日，是奥黛丽在“和平之邸”度过的最后一个圣诞节。她唯一的愿望，就是在这个僻静的村落走完自己最后一程。无奈，她病重的消息还是传了出去。

媒体用尽办法，想要拍到一点什么，时常有直升机盘旋在“和平之邸”的上空。最后，为了躲避媒体，奥黛丽只能闭门不出。

她想出去走走，看看太阳，听听鸟鸣，闻闻花香。可是，却没有办法实现，就连想在自家花园散步，也不能如愿。回家之前，家人每每问她什么事情，她总说给她一个月时间想想。

真的就是一个月。

她就走了。

1993 年 1 月 20 日，奥黛丽病逝于瑞士“和平之邸”，葬于村中一方小小矮矮的坟墓。

10

藤子·F.不二雄

我就是那个大雄

2014年，电影《哆啦A梦：伴我同行》上映。

刹那，将一众八九十年代的年轻人拉回到过去。童年，这个素日与人疏远，仿佛陌路一般的存在，在记忆里卷土重来。你突然发现，原来那些陈旧的小时光，犹如一个默默爱你，却又没有勇气告白的人，在你身后从未离开。哪怕你经年不曾回首，甚至刻意避开多年。可是，你真的不想与过去重逢吗？

是不想。

还是不敢？

一如我。只是害怕，看见昔日那个小小少年，他眼中的天真、身体的脆弱和心底的不堪一击。他时刻提醒我，什么叫失去，什么叫永不再回，什么叫原来我也快乐过。甚至，他经历过的一点崎岖、泥泞，以及小小受挫便以为末世降临的心情，都令人十分心疼。所以，我不大愿意回首。

不敢去怀念，再也没有的。可是，他又那么乖巧。一枚糖果，他就会笑。20分钟的动画，他就能忘却世事庸扰。人这一生，唯孩童时最纯净。他们所有的伤欢悲喜，既简单，又干净。假如有一台时光机，你当真不想回去看看吗？看看那个，正盯着电视里红蓝白机器猫的少年。

只是，我印象里它是黑白的。那时家贫，是老旧的黑白电视机，右侧有两个旋钮。一个更换频道，一个调节音量。就在这样一个简陋的际遇当中，哆啦A梦与我相逢。

谁会想到，20年后，《哆啦A梦》还会有3D电影版。从小到大，我都很羡慕野比大雄。因为他有哆啦A梦，不孤单。

电影《哆啦 A 梦：伴我同行》剧照

曾误以为《哆啦 A 梦》的作者是藤子不二雄。其实，不是。藤子不二雄，是一个漫画作者组合的名字，由笔名为“藤子 · F. 不二雄”和“藤子不二雄 A”的两个人组成。因此，不能说《哆啦 A 梦》的作者是藤子不二雄。只有这组合里的藤子 · F. 不二雄，才是《哆啦 A 梦》的真正作者。

藤子 · F. 不二雄，真名叫藤本弘。1933 年，藤本弘出生于日本富山县高冈市。他是家中独子，父母在当地邮局工作。小时候，藤本弘瘦弱、内向，不擅长运动，学习也不好，没有什么朋友，总被同学欺负。他几乎是在同学的霸凌中长大的。听上去，像不像野比大雄？

没错。他自己也说过：“小时候，我就是那个大雄。”他就是那个缩在角落、毫不起眼、无人问津的孩子。好在父亲喜欢读书，家中藏有很多适合孩子阅读的绘本和童话。他最喜欢看《西游记》和《一千零一夜》。图画书成为藤本童年岁月里最大的慰藉。慢慢地，他自己学着涂涂画画。

可是，不久父亲便去世了。

他和母亲相依为命。

后来，他读到英国作家约翰·巴肯的《魔法手杖》。书里，少年主人公有一根可以穿越时空的魔法手杖。这根魔杖，可以带他去任何时间、任何地方。这是藤本初次接触类似“些许不可思议”概念的图书。虽然现实童年惨淡潦倒，但是“些许不可思议”的种子在少年藤本的心中埋下了。

1944年，藤本11岁，学校来了一个转学生。他叫安孙子素雄。很矮小，也很怕生，与人说话会脸红。课余时间，总是埋头桌前。藤本好奇，走近一看，发现他在画画。藤本惊喜地发现有人与自己爱好相同。第一次，他主动与人说话，还把自己的画拿给安孙子看。晦暗的童年，终于有了光。

世界很孤单，需要同类结伴而行。

他们就是。

安孙子，来自富山县冰见市。父亲是冰见市光禅寺的主持。日本有些宗派的僧人是可以娶妻生子的。安孙子和藤本一样，父亲早逝。因此，他和几个姐弟随母亲来到高冈市投奔伯父。身世际遇的相似，令二人变得亲密。彼时，他们年少，并不知道，这种相遇，叫一见如故。

他们惊喜地发现，他们都如此喜爱画画。所有相遇，都是重逢。遇见彼此，仿佛遇见世上的另一个自己。从那以后，他们形影不离，一起上学、放学，一起聊天、画画。不是去藤本家，便是去安孙子家。

少时伙伴，多会离散。唯有他们，少年开始，直至老去，友情恒在。

当时，孩子们都喜欢迪士尼动画。而他们不只喜欢，还想去画。有一次，两人看完《白雪公主》，联名给美国的沃特·迪士尼寄了一封慕名信。信件内容是查阅英文字典之后拼凑的拙劣句子。孩子的心，最是真挚。无人料到，沃特会在两个月后给他们回了信，连他们自己都觉得，如在梦中。

那时，日本还没有真正的长篇漫画故事。是手冢治虫激发了两个少年的漫画之心。一天，安孙子气喘吁吁地冲到藤本家中，手里拿着一本名叫《新宝岛》的漫画书。他如获至宝，便想着要与藤本分享。手冢的《新宝岛》首次将电影分镜手法引入漫画创作，是日本第一部有动画观感的漫画书。

看《新宝岛》漫画，如观动画电影。遇见手冢治虫和《新宝岛》，是藤本少年时代最重要的事。当时，日本漫画受制于四格限定的表现手法，与手冢治虫的《新宝岛》带来的阅读体验，不可同日而语。手冢治虫的《新宝岛》才是他们最想读到的漫画书。读手冢治虫成了藤本日后最大的快乐。

藤本学习懒散，画画是他唯一执迷的事情。遇见《新宝岛》之后，藤本暗下决心，“要成为像手冢治虫那样的漫画家”。小学时，藤本与安孙子是同班同学，就读于高冈市定冢小学。中学时，藤本读高冈的工艺专科学校中学部，安孙子念的是高冈中学。虽然学校不同，但是离得很近。

昔日亲密，不曾疏离。

1950 年 4 月，两人一起制作了一本手绘原创杂志《少太阳》。杂志在同学中广泛传阅。因为世间独此一本，所以他们还在杂志首页上写了一句“请务必爱惜”的话。这本杂志，是藤本和安孙子少年时代共有的珍贵回忆。看过的同学都拍手称赞，两人方有勇气向杂志和报纸投稿。

与手冢治虫有关的杂志报纸，都令他们雀跃。连载过《新宝岛》的杂志《漫画少年》，成为两人心中至宝。刊发过手冢治虫处女作《小马日记》的报纸《少国民新闻（大阪版）》，他们同样必会订阅。两人一起创作，坚持定期给各大报纸杂志寄去稿件，等待月明花开之日。

1951 年末，他们拿到第一笔稿费，2400 日元。当时新入职的公务员月薪是 6500 日元。所以，这笔稿费对二人而言，称得上是一笔巨款。稿费来源是《少国民新闻（大阪版）》刊发了他们一起完成的四格漫画《天使小玉》。他们把这笔稿费存了起来，打算日后用作路费去拜访手冢治虫。

从《新宝岛》之后，二人便与手冢治虫建立了联系。当时，两人还没有“藤子不二雄”这个共同笔名。先是各自使用真名，为致敬手冢治虫，后取了“手冢不二雄”的笔名，又觉冒犯，便改成“足冢不二雄”。最后，仍觉不妥，取藤本之“藤”与安孙子之“子”，才定名为“藤子不二雄”。

有了沃特·迪士尼回信一事，二人更有底气。读完《新宝岛》，便给手冢治虫写了信。手冢治虫为人谦和，百忙之中仍有回复。一来二去，每寄出去三四封信，必能等到手冢治虫的回信。1952 年春假，两人打算做一件高中毕业之前最重要的事——亲自拜访手冢治虫，这也是两人最大的梦想。

为此，他们寄去一封信，聊表夙愿。回信之人是手冢治虫的母亲。信中说，当时手冢治虫暂不在家中，不过他俩可于某日某时前去与手冢治虫会面。二人仔细合计，从高冈坐午夜列车，次日清晨抵达大阪，再换乘电车前往手冢治虫所在的宝冢市，之后原路返回。《天使小玉》所得稿费刚好够用。

手冢治虫，1928 年生人，比藤本大 5 岁，比安孙子大 6 岁。从抵达手冢治虫家门口，到拜见完手冢治虫离开之后，二人始终无法平静，再没有比见到手冢治虫更令他们紧张的事了。在手冢治虫的工作室，藤本才知道手冢治虫成名背后不为人知的努力。较之于手冢治虫，藤本觉得自己对于漫画的付出简直不值一提。

与手冢治虫的见面，改变了藤本一生。从手冢治虫身上，藤本看到了自己渴望的未来。他想和手冢治虫一样成为一名优秀的漫画家。高中毕业后，藤本去当地一家糕点厂打工，安孙子在一家报社上班。不过几日，藤本便决定辞工，要当一名职业漫画家。那个年代，辞职是一件大事。不过，藤本心意已决。

因为手冢治虫说了："你俩的话，一定行。"

当时，两个年轻人完成了他们第一部合作绘制的漫画故事《UTOPIA：最后的世界大战》。藤本远赴东京，寻求出版。多番奔走无果。最后，也是得到了手冢治虫的推荐，才得以出版。1953 年，安孙子也从报社辞职，追随藤本。在东京，他们借住在安孙子的亲戚家，十分窘迫。

得知二人境遇，手冢治虫再次相助。他邀请二人来常盘庄居住。常盘庄建于 1952 年，位于东京丰岛区椎名町五丁目 2253 号，是一栋两层砖木结构公寓。每个房间为 7.29 平方米。这处公寓，因为手冢治虫的存在，集聚了越来越多致力于漫画行业的人，成了漫画家们的据点。

只是，入住常盘庄需要交付 3 万日元的押金。两人囊中羞涩，只能婉拒手冢治虫的好意。他们不知，手冢治虫早已帮他们垫付了押金。谁是藤本的伯乐？当是手冢治虫无疑。

1954 年，藤本 21 岁。是年 10 月，他和安孙子一起搬进常盘庄。此时，手冢治虫已搬离。他们就住在手冢治虫住过的第 14 号房间。

一住，就是 7 年。

从入住 14 号房开始，藤本正式入行漫画界。常盘庄里人才辈出，由于常盘庄在漫画界颇有名气，时有编辑来公寓约稿。哪怕当时还是新人的藤本和安孙子也有不少邀约。虽然共用一个笔名，但是《UTOPIA：最后的世界大战》之后，两人实际上已经分开创作。各有作品陆续面世，“藤子不二雄”开始小有名气。

因为没有明确规划，所以藤本对待约稿，来者不拒。由于藤本对自己的工作极限没有正确的预估，导致稿件堆案盈几。最后，大部分约稿，都无法如期交付。如此，藤本成了漫画编辑口中那个“极不靠谱的新人”，身陷信誉危机。之后，藤本有长达一年的时间，再无约稿。安孙子也同样如此。

一时间，藤本对自己失望至极。1955 年至 1956 年，没有约稿的藤本在寺田博雄的救济下，度过了最为艰苦的一年。寺田博雄由于稍稍年长，成了常盘庄里最被大家依赖之人。对藤本，他同样无微不至。此时，藤本急需一个机会重新证明自己。

直到 1959 年，杂志《周刊少年 Sunday》创刊。一本全新杂志，向他递来邀约，藤本终于有了工作。漫画，这件事对藤本而言，从此更添有了一份失而复得的郑重。已有前车之鉴，藤本凡事斟酌小心，此后再无失信之举。漫画事业逐渐稳定。只是他不知，自己能画到何种程度。

藤本弘被刊登在报刊上

1961 年，藤本搬出常盘庄。

1962 年，他与石本正子结婚。

离开常盘庄那年，藤本和安孙子在神奈川县川崎市共同买了一块地，建了两幢一模一样的房子，毗邻而居。余生，藤本一直和妻子居住于此。婚后，两人有 3 个女儿。1965 年，长女藤本匡美出生；1968 年，次女藤本日子出生；1972 年，幼女藤本地子出生。川崎，成了藤本的归处。

1964 年，《周刊少年 Sunday》杂志社向藤本邀约一部以鬼怪为主角的搞笑漫画。不久，一部《小鬼 Q 太郎》让“藤子不二雄”声名鹊起。藤本苦尽甘来，安孙子也等到了这一天。这部漫画，既是令“藤子不二雄”闻名之作，也是二人以此名字共同绘制的最后一部作品。

起初，《小鬼Q太郎》连载了九回。可是，九回下来，全无读者反馈，如石沉大海，毫无声息。既无人称赞，也无人批评。第九回时，杂志社只好刊发终止连载的预告。作品没有人气，便是如此下场。不料，终止连载的预告一经刊发，杂志社立刻接到无数电话责问。

瞬间，这部漫画起死回生。

重启《小鬼Q太郎》之后，除了《周刊少年Sunday》继续连载，还有包括《幼稚园》《小学一年生》到《小学6年生》七本杂志共同连载。改编的动画，受欢迎度堪比手冢治虫的《铁臂阿童木》。霎时，“藤子不二雄”被纳入了最炙手可热的漫画家之列。

后来，虽然“藤子不二雄”之名仍在，但是二人各自进行创作，自此再无交叉。读者也开始辨认出两人风格，每有“藤子不二雄”作品问世，读者也会知道是谁的作品。只是，《小鬼Q太郎》之后，漫画风潮巨变，成人读者的群体比重大大超过了儿童。喜欢藤本的读者也都长大了。

藤本一直坚持为儿童画画。漫画风潮转向成人读者之后，藤本笔下作品虽仍受欢迎，但所获成绩再也没有超越《小鬼Q太郎》。是否开始成人领域的漫画创作，藤本起初很是踌躇。当成人漫画杂志*Big Comic*前来约稿之时，藤本并没打算接受。好在总编小西涌之助一再坚持。

藤本弘与安孙子素雄

是以，才有了“SF异色短篇漫画”系列。其中，《米诺陶之盘》被誉为藤本最好的作品之一。这个成人系列漫画，令藤本广受赞誉。原本，“SF”是科幻的英文缩写。藤本作品中的“SF”概念有所不同。他将自己作品的“SF”定义为“些许不可思议”（Sukoshi Fushigi）的缩写。

虽然“SF异色短篇漫画”系列给藤本带来了最高的评价，但是他创作初心不改，始终只想为孩子画画。昔日的孩子长大了，明日还会有新的孩子降生。孩子，才是这个世界上永恒不灭的光。1970年，藤本37岁。是年，6本学年杂志上同时出现了藤本最新作品的连载。

它就是《哆啦A梦》。

一只溜进屋子的小猫。女儿的会发出“bling bling”声音的不倒翁玩具。画稿压力之下神游时幻想的帮忙机器。所有日常琐细和无数生活碎片，在藤本的心中一点一点拼凑出了它的样子。一个未来的猫形机器人——哆啦A梦。杂志的封面是黄底红字，为了显眼，他让哆啦A梦有了蓝色身体。

这部作品，成绩斐然。连载三年，改编动画。至今，单行本漫画累计销量超过1亿册。1970年，有了《哆啦A梦》主题漫画杂志*CoroCoro Comic*。1980年，*CoroCoro Comic*上发表的《大雄与小恐龙》改编成“哆啦A梦”系列第一部动画电影。此后，无人不知哆啦A梦。

可是，长期的劳累毁了藤本的身体。

1986年，藤本查出胃癌。他担心自己时日无多，想给安孙子一个交代。次年，“藤子不二雄”正式解散，二人各自发表了一致的解散宣言。藤本成了“藤子·F. 不二雄”。盛名在外的安孙子，也开始启用“藤子不二雄 A”之名。他们都知道，此生大约再没有机会一起创作了。

余生，藤本将全部心血都倾付于“哆啦 A 梦”系列长篇漫画的工作之中。然而，残躯病体如是。胃癌手术 5 年之后，藤本又罹患肝癌。这辈子，他一共创作出超过 1300 话的《哆啦 A 梦》。藤本不知道自己哪一天就走了。他总说：“我还没有画够。我要彻底画到灵感一滴不剩为止。”

1996 年 9 月 23 日，为“哆啦 A 梦”系列第 17 部动画电影《大雄的发条都市冒险记》绘画的过程中，62 岁的藤本突然在书房晕倒，与世长辞。离开时，他的手里还握着他那一支削了又削的画笔。9 月 29 日，藤本葬礼，所有来参加之人，都收到了一份答谢礼。上面附有一张字条。

字条上，他说：

“小时候，我就是那个大雄。”

11

玛丽莲·梦露

如果你不能接受
我最差的一面，
那么你也不配得到
最好的我

一

我总觉得你很年轻。

我总觉得你依然年轻。

我总觉得你应该永远年轻。

而你已 90 多岁，如果你还在的话。

2011 年，62 岁的杰西卡·兰格因《美国恐怖故事》红到中国。兰姨新作《宿敌：贝蒂和琼》中，有一处情节令人深思。她饰演的奥斯卡影后琼·克劳馥，出席金球奖颁奖典礼之后，醉酒离开，心情糟糕，十分失态。她跌跌撞撞地倒进自己的车里。记者来问时，她迂回婉转。可她明白，自己为何动怒又失态。

因为，那已不是她的时代。

那个时代，属于玛丽莲·梦露。

1960 年，玛丽莲·梦露凭借电影《热情似火》拿到了第 17 届金球奖最佳女主角奖。美剧《宿敌：贝蒂和琼》里，琼·克劳馥参加的便是那一届金球奖颁奖典礼。琼·克劳馥看到玛丽莲·梦露出场时，眼神嘴角流露出隐藏着嫉妒的鄙夷。当玛丽莲·梦露魅惑的声音破空而来，琼·克劳馥哭了。

连琼·克劳馥都嫉妒过玛丽莲·梦露。

玛丽莲·梦露是艺名。她的本名叫诺玛·简·莫泰森。1926 年 6 月 1 日，诺玛出生在洛杉矶。母亲格拉迪斯·巴克尔·莫泰森是电影公司的胶片剪辑。诺玛出生时，25 岁的格拉迪斯已经离过两次婚。第一次结婚

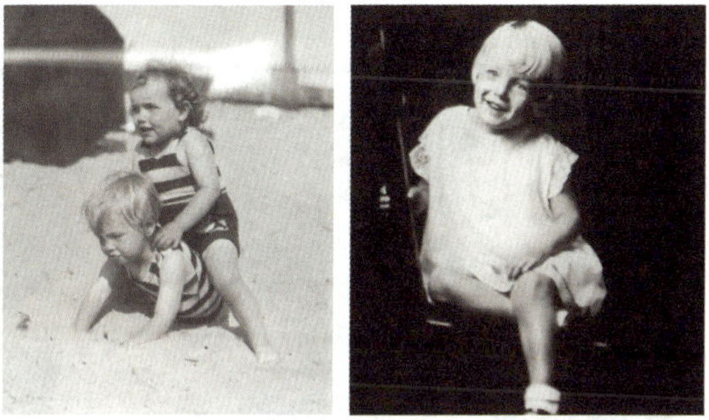

玛丽莲·梦露童年照片

的时候，格拉迪斯只有 14 岁。

格拉迪斯也是可怜人。莫泰森家族有精神病遗传史，她没有健全的父母照料，独自成长成一个随心随性的女子。诺玛是个私生女，连格拉迪斯也不知道她的生父是谁。格拉迪斯跟第一任丈夫有两个孩子，都被丈夫带走了。如今，她孤零一人，身边只有诺玛。

格拉迪斯在好莱坞工作。为了生计，她常常需要工作十几个小时，无暇照料诺玛。诺玛出生 12 天，便被母亲送到了寄养家庭，开始了自己颠沛流离的一生。那时候，她还不知天地为何物，不懂人生和岁月，更不了解，生之艰辛本是寻常。在寄养家庭，她一直生活到 7 岁。

格拉迪斯并非冷酷之人。她对诺玛充满愧疚，时刻想着要加倍地努力工作，攒钱买房，给女儿一个家。可是，当年的好莱坞不过是个电影作坊，工作条件简陋又艰苦。她每日长时间接触胶片黏合剂和各种化学药品，加上家族基因的缺陷，她的身体和精神健康每况愈下。

1933 年，格兰迪斯终于买了房，好莱坞阿保大街 6812 号，一座白色平房。当诺玛被母亲从寄养家庭接走时，幼小的诺玛内心惶恐。直到站

在那座白色平房的面前，母亲告诉她，那是以后她们相依为命的家。诺玛喜极而泣，终于，她有了一个家。和母亲在一起的家。

可是，命运残酷。诺玛一生，漂泊不息。次年年初，格拉迪斯便因精神崩溃住进了疗养院。刹那间，诺玛举目无亲，生活跌入谷底。诺玛回忆说："我耳边一直回响着妈妈被带出这个她努力为我建造的家时发出的尖叫声和大笑声。"此后，母亲的挚友格蕾丝·麦基成了诺玛的监护人。

格蕾丝是个好人。她对诺玛很好，打算收养这个可怜的女孩。只是，当时格蕾丝的未婚夫欧文·戈达德和前妻已有三个孩子，他不大愿意再承担一个孩子的抚养责任。其实，这也是人之常情。格蕾丝无法强迫丈夫收养诺玛。1935 年 9 月 13 日，诺玛被送进了洛杉矶孤儿院。

这件事，成了诺玛一生的心病。

忽然之间，她成了"孤儿"。

二

人世浮沉，总得经历伤欢悲喜，才算成其一生。那时，她还只是不谙世事的孩子。尚不知，何为欢，何为喜。小小年纪，能拥有的，竟然只有无依无傍和孤独冷寂。一路漂泊，一直潦倒。在孤儿院时，格蕾丝也常常会把诺玛接到家中小住。可是，她终要回去。她在孤儿院生活长达3年。

1938年，过完12岁生日，诺玛才离开孤儿院。格蕾丝的姨妈安娜·劳尔得知诺玛的情况，心疼不已，决定照顾这个孩子。安娜成了诺玛辗转流离的岁月里最大的安慰。因为居无定所，诺玛上学的学校也常常更换，她永远都是那个被排挤的新同学。她没有朋友。

如今，有了安娜。安娜会抱住她，告诉她："如果别的孩子取笑你，取笑你的衣服，或者取笑你住的地方，这些都不重要。亲爱的，一定要记住：你自己怎么样才是真正重要的。做真实的自己，宝贝，这是最要紧的。”第一次，她在黑暗的生活里，看到了光明，感受到了温情。

从一个家庭到另一个家庭的寄养生活令诺玛变得敏感。她开始学会讨好大人。不管在哪个家庭，她总是非常懂事和听话。从不需要大人来催，她便会早早地上床睡觉。她希望大人们会因此对她多一些喜欢和疼惜。最令人心痛的，就是一个孩子逼着自己长大。

两年之后，格蕾丝的丈夫欧文终于同意收养诺玛。于是，诺玛又不得不离开最疼爱她的安娜，来到格蕾丝的家中。她无法决定自己的来去。有人愿意要她，她便会去；有人想要抛弃她，她又只能离开。在格蕾丝家，她也不过只住了另一个两年。

1942 年，由于工作关系，欧文举家搬迁到西弗吉尼亚。虽然格蕾丝已经是诺玛的法定监护人，可是格拉迪斯尚在。没有她的同意，格蕾丝无法带走诺玛。此时，疗养院中的格拉迪斯已神志不清。听到女儿要被带走，只知摇头，万般不允。她是那样想要好好爱自己的诺玛。可是，她却无能为力。

诺玛再度无家可归。

这一年，她 16 岁。

似是一晃眼的工夫，16 岁的诺玛长成了一个亭亭玉立的美少女。幸好，她有美貌。她从来不知道，美貌会成为自己苦难生活里的救命稻草。有个叫作吉姆·多尔蒂的年轻人，钟情诺玛许久。他们本是邻居，两家人也算知根知底。诺玛没有料到，最后收留自己的人，会是吉姆。

吉姆爱她，可是非亲非故。格蕾丝知道，如果想要诺玛有一个家，只能促成诺玛嫁给吉姆。吉姆自然千万个愿意。诺玛呢？她别无选择。

她一无所有，面对命运，只能服从。

嫁给吉姆，对诺玛来讲，未必是坏事。起码她有了一个家，无须再四下流离，不必再惊惶不安。听上去，实在心酸。可就是这样，大明星玛丽莲·梦露，从来不是什么天之骄女。她一直是路边一棵与风雨为邻、枕霜雪而眠的伶仃小草。她的过去，暗淡至极。

1942 年 6 月 19 日，读高一的诺玛辍学，与吉姆结婚。老天给了她绝世容颜，却没有给她哪怕寻常的命运。从少女变成新妇，诺玛不大适应。洗衣、打扫，都不大难，都是从小在寄养家庭常常需要做的事情。可是，她没有煎炸烹煮的经验，不会做饭，不是“土豆没有烧熟”，便把“牛肉烤得太焦”。

吉姆对诺玛很好。他还送了诺玛一条柯利牧羊犬。二战中，吉姆加入了“美国商船队”，常年出海。诺玛和婆婆住到了一起。吉姆不在的日子里，诺玛十分惶恐，日夜不安。如今，吉姆是她唯一的依靠。吉姆不在，她惊慌失措。其实，婆婆对她也好。

玛丽莲·梦露
与第 任丈夫吉姆

吉姆出海的日子里，诺玛给他写了200多封信。她那样害怕失去吉姆。这是爱情吗？听着不像。与其说是爱，不如说是诺玛对吉姆和一个家的依赖。婆婆见状心疼，问诺玛是否想工作。诺玛当然同意。她需要做点什么，以解心中苦闷。

她需要放过自己。

放过那一颗不安的心。

不久，诺玛成了埃塞尔无线电飞机厂的一名女工。从喷涂工作开始，最后负责检查和折叠降落伞。有时，她也会想，此生也就这样了，庸庸碌碌。改变诺玛命运的是一个叫作大卫·康诺弗的摄影师。他是当时尚在军中，后来成为美国总统的罗纳德·里根的下属。

一日，大卫来到了诺玛工作的地方。他要拍摄一些女工照片发表在《美国人》杂志上，这是美国军人最爱看的杂志。人群里，他看到了诺玛。他实在无法不注意到她，他不知道寻常女工里会有外表如此惊为天人的女子。她的身段和容貌，无一不令大卫屏气凝神。

身穿苹果红羊毛衫的诺玛，成了大卫镜头中最美的画面。诺玛不知道，这张照片，会改变她的一生。时光惊雪，花好月圆。当诺玛的照片在《美国人》杂志上亮相之时，蓝皮书模特公司的著名模特经理人艾米丽·斯奈林凭职业敏感一眼看中了诺玛。

收到艾米丽的邀约，诺玛喜出望外。蓝皮书模特公司声名煊赫，诺玛也是久闻大名。可是，模特培训班的100美元报名费，诺玛拿不出来。换作旁人，大约此事也就作罢。艾米丽爱才，她帮诺玛介绍了一个无需经验的模特工作，每日10美元酬劳，为期10天，刚好可以攒够报名费。

这一年，诺玛 19 岁。

她没有家世，没有背景，没有学识，没有左右逢源的能力。只有老天留给她的身段和美貌。当她明白这仅有的资本，可以成为她未来的事业，她丝毫不敢懈怠。每一次机会，她都抓牢握紧。诺玛的努力，令她很快出现在各种广告、画报和杂志当中。

然而，当吉姆出海归来小住，诺玛与之谈论起模特工作时，吉姆大为反对。他哪里受得了自己的妻子抛头露面，拍摄性感照片，娱乐旁人。可是，诺玛热爱这份工作，她不想轻言放弃。最后，吉姆逼迫诺玛做选择，到底是当模特，还是当他的太太。

1946 年 5 月，诺玛决定离开吉姆，选择离婚。她是那样渴望被人关注，模特事业刚刚开始，眼见自己的照片好评如潮，诺玛无法忽视将来获得更多关注的可能性。与其说，诺玛是为了事业放弃了婚姻，不如说她是慢慢明白了，世事艰辛，她需要的安全感无法指望别人。

她要自力更生。

三

当本·莱昂注意到诺玛的时候，命运再次给她打开了一扇门。本·莱昂是20世纪福克斯电影公司的人才主管。他对诺玛的赏识，让世上从此有了一个名叫“玛丽莲·梦露”的女人。诺玛当然也想成为电影明星。没有一个少女不想成为万众瞩目的明星。

1946年，诺玛签约20世纪福克斯电影公司。之后，本·莱昂要求诺玛改名，拣选了数个艺名之后，最终确定了“玛丽莲·梦露”的名字。昔日跟母亲一样的一头红发也染成了金色。谁会想到，当诺玛·莫泰森变成玛丽莲·梦露，好莱坞历史上将永远为她留下一个不可替代的位置。

然而，一切开始都不容易。诺玛签约之后，每周只有75美元的薪水。在福克斯待了6个月，她才得到了一个没有名字、没有台词，甚至连脸都看不清楚的角色。是年8月，诺玛出演了一个有台词的角色，在《危险关系》中扮演一个女服务员。对诺玛来说，这算是她真正意义上的处女作。

这也是玛丽莲·梦露留名的第一部作品。

奇怪的是，就在梦露的电影事业刚刚起步的时候，福克斯却意外地和她解除了合约，连一个合理的解释也没有给她。个中内情已无人知。梦露内心委屈，却也无奈。好在老天开眼，1948年，在福克斯的同事乔·申克的引荐之下，梦露加入了哥伦比亚电影公司，从头开始。

梦露没有学过表演。加入哥伦比亚公司之后，她开始学习。她待人真挚、诚实，虚心学习一切可学之事，竭力提高自己。她跟随表演教练娜塔莎·莱特斯，练台词，练动作，练表情，练眼神，练一切琐细，毫不懈怠。渐渐，平素连说话都有些结巴的梦露，开始表现出当演员应有的素养和魅力。

在哥伦比亚，梦露接连拍摄了《热女郎》和《快乐爱情》两部电影。沉淀之后的梦露，越发迷人。哪怕还是些小角色，只要梦露出场，总会夺人眼球，哪怕她一言不发。在《快乐爱情》里，她演一个虽愚蠢但性感的女人。从这部电影开始，梦露的性感形象令她的角色被固定化。每每出现，她都性感撩人。

说回当年解聘梦露的福克斯，在电影《快乐爱情》上映获得成功之后，立刻重新寻回梦露。当年，福克斯给梦露每周

75 美元酬劳，如今寻回她的价码是每周 500 美元。这是其次，最重要的是，他们给出了巨大诚意，那就是与大导演约翰·休斯顿合作的机会。

玛丽莲·梦露《生活》杂志封面

1950 年，约翰·休斯顿导演的《夜阑人未静》上映。世人都说她是花瓶。影片中，梦露首次饰演严肃角色，虽然是配角，但她用出色的表演证明了天赋和实力。连导演都说：“她到自己的个人体验中去寻求一切灵感，表现出她自己独特和非凡的东西。她没有运用技巧。她所表现的都是真实的，就是玛丽莲。”

真实，本来就是世上最难的事。

1953 年，梦露第一部担当女主角的电影《飞瀑怒潮》上映。她仍然是性感女子的形象，但是梦露竭力让自己的每一次性感都与众不同。

眼见事业风生水起，她却遭遇一场意外的裸照风波。几年前，梦露拍摄的一组“红天鹅绒裸照”“意外”流出，轰动全美。

1949 年 5 月 27 日，经摄影师汤姆·凯利之手，梦露拍摄“红大鹅绒裸照”。有人说，她是迫于生活窘困才应了摄影师的邀请。

起初，无人相信。可是，细看照片，你不得不信。照片一点也不浮艳，你能看到她内心的焦灼、挣扎、挞伐与释放。每一个笑容的背后，你都感受到心酸。

我不相信，只凭一腔功利心，她会做出如此惊世骇俗的决定。那个年代，需要多大的勇气才敢这样出镜？然而，时机这么凑巧。令人不得不怀疑照片流出，是否是电影公司别有用心。裸照不同于常规炒作，即便是今时今日，也鲜有明星如此冒险。何况，当年的梦露已然盛名在外。

面对是非，梦露不慌不惧。

梦露常常扮演不聪明的性感女人，可她一点也不笨。据传，梦露的智商高达 168。不管是否可信，如果没有一点聪慧和机敏，任凭她有再好的际遇，也未必能在美人如云的好莱坞脱颖而出。除此之外，她的勇敢也无人能比。

她不躲避，不逃离，大方承认。别有用心的“丑闻”没有击溃梦露。反倒是，她凭借自己的智慧和定力在公众面前力挽狂澜，用自己的坦诚和率真收获无数拥趸。刹那，梦露逆转了命运，片约不断。

电影《如何嫁给百万富翁》更让她成为好莱坞最受欢迎的女演员。

自此，玛丽莲·梦露之名街知巷闻。

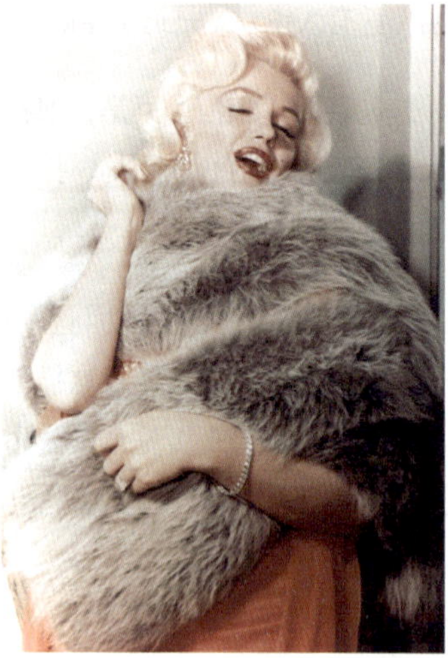

1953·电影《绅士爱美人》剧照

玛丽莲·梦露电影剧照

1954年1月14日，梦露迎来第二段婚姻。丈夫是著名的棒球手乔·迪马济奥。乔和梦露有相似的童年经历。两人一见如故。有时候，相爱只因能够看见彼此曾经有过的痛，他们便是如此。然而，乔和吉姆一样，都因梦露之美而来，又因梦露之美而去。梦露为世人所痴迷疯魔的压力之下，乔终究输给了自己的嫉妒。

男人总梦想娶回绝代佳人。可又忘记，恋慕绝代佳人的男子绝不可能只有你一人。然而，男人的占有欲仿佛是无法规避的动物天性，想要得到拥有万千宠爱的美人，又要剥夺美人被宠爱千万的权利。玛丽莲的两段婚姻，都在丈夫的妒火之中被焚毁。

不过 9 个月，两人便离婚。

她是爱过这个男人的。第二段婚姻的潦草收场，令梦露的一颗心濒临绝望。她开始失眠，开始酗酒，开始依赖药物。人这一生，不惧生死，最怕动情，梦露也不例外。谁能想到，一段 9 个月的婚姻，会改变梦露的人生走向呢？怕是连她自己也没有料到。

声名鼎盛之际，梦露选择息影。大概也是遇见恩师李 · 斯塔斯伯格的缘故，令她对表演的态度变得愈加深刻和端正。她觉得自己仍需学习。在恩师的影响之下，梦露除了学习表演，还开始画画、写诗，与美国诗

人卡尔·桑德堡和女作家伊迪丝·希特维尔常常来往。

连杜鲁门·卡波特都对梦露青眼有加。据说，两人的关系十分亲近。你看，梦露远非旁人所想。她从来不是一个只会搔首弄姿的性感女星。她有自己的内心秩序，有自己的艺术态度，有自己的交友规范。你读过《推销员之死》吗？阿瑟·米勒写的。谁也不知道，阿瑟·米勒什么时候就爱上了梦露。

阿瑟认识梦露那年，39 岁。他比梦露大 11 岁，瘦瘦高高的，也不爱说话。他跟梦露以往认识的所有男子都不一样。他满腹诗书，才华横溢，还有一支旁人无法超越的笔。梦露喜欢听他说话，每一次交谈都令梦露心旷神怡。当世人得知两人的婚讯，都惊赞不已。

经历过两段婚姻的梦露，最后选择了一名作家。1956 年 6 月 29 日，梦露嫁给了阿瑟。她和阿瑟的婚姻，是梦露这一生最为长久的一段。结婚那天，梦露看到婚戒上，阿瑟刻下了这样的话："此刻就是永恒。"梦露也在婚书的后面反复写下了"希望"。她不知道：

阿瑟，是她此生最后的希望。

四

1960 年，梦露凭借代表作《热情似火》拿到了第 17 界金球奖的电影类的音乐喜剧类最佳女主角。就是开篇写到的兰姨新作《宿敌：贝蒂和琼》中出现的片段。剧中，琼·克劳馥嫉妒年轻貌美的梦露，她甚至私下诋毁过梦露。可她不知，梦露的时代刚刚开始，就将结束。

1960年，她拍摄了自己此生分量最重的一部电影《不合时宜的人》。这是丈夫阿瑟·米勒特地为她写的剧本，男主角克拉克·盖博又是梦露的少年时候最崇拜的偶像。据说，梦露小时候因不知生父是谁而询问母亲，在电影公司工作的母亲常随手指着克拉克的海报，说："是他。"

玛丽莲·梦露和阿瑟·米勒

正因如此，梦露对克拉克有一种难以言明的情愫。她当然知道他与自己并无血缘关系。可是，每每见到他，梦露童年那漫长的黑暗总是席卷重来，令她窒息。拍摄期间，梦露压力巨大，一度病倒住院。素来不大守时的梦露，仿佛故意一般，总要迟来。甚至，她会对克拉克发脾气。

她只是惶恐，不知如何应对这个暗中贯穿自己童年的男人。所有的仰慕和敬爱，都抵不过面对他那一刻时往事的翻涌而回。克拉克宽厚，待她如孩童，总是包容。遗憾的是，1960年11月16日，克拉克心脏病突发去世。电影拍完，还未上映。连最后剪辑的成片，克拉克也没有看到。

克拉克去世之后，梦露寝食难安，十分自责。祸不单行。1961 年 1 月，阿瑟提出与梦露离婚。离婚之后，阿瑟曾对朋友说，“我仍然不理解，我们离婚了。我把这部《不合时宜的人》作为礼物送给她，然后我离开了她。”是啊，他离开了。他不知道，梦露第二年会走。

如果知道，他还会离开吗？

一定不会。

1962 年，梦露完成了此生最后一部作品《濒于崩溃》，一部只有三十几分钟的电影短片。电影宣传期间，恰逢美国总统约翰·肯尼迪生日。5 月29 日，梦露受邀参加了肯尼迪总统在麦迪逊广场花园举办的生日宴。梦露穿上了自己这辈子最昂贵的礼服，为肯尼迪唱了一首生日歌。

宴会上，梦露的歌声温柔又深邃，诚挚又深情。连肯尼迪都忍不住说：“能听到（梦露）为我歌唱如此甜美的‘生日快乐’，我现在都可以退出政坛了。”这段生日颂歌，成了梦露此生表演生涯的收官之作。两个多月后，她就走了。1962 年 8 月 5 日，在洛杉矶家中，梦露因过度服用安眠药猝然离世。

这一年，她只有 36 岁。

人世间，太多离散，总有错落。梦露之死，令好莱坞刹那间黯然失色。葬礼上，恩师李·斯塔斯伯格说：“她有一种闪闪发光的品质，集希望、明艳和向往于一身——这使她与众不同，但使每个人都希望成为其中的一部分，分享这既害羞而又充满活力的孩童般的纯真。”

他说完，所有人都哭了。

这么多年过去了，和切·格瓦拉一样，她的头像和照片被制作成版画、LOGO、T恤和各种物件，随处可见。无人不知她撩裙大笑的美好，爱她的人比她生前更多。她这一生，艳丽星光之下，流浪那么久，孤独那么久，忧伤那么久，终得圆满。

你知道吗？

你离开之后从未被忘记。
你离开之后一直被记起。

如有来生，愿有人陪你颠沛流离。

12

安徒生

最漫长的旅行，是一个人孤独终老

愿人们能以宽容之心来评判我，
如同我以宽容之心去评判他们一样。

——安徒生

有一年，朋友在丹麦旅行。

在丹麦旅行时，她常将“童话”二字放在口中。她说，在丹麦旅行，一个像她那么复杂的人，都会变得简单。虽然无忧无虑并不准确，但是旅途之中所见之风烟俱净和所感之心无旁骛是真的。我问，为什么？她答，大约是因为身在丹麦之时总能想起安徒生，一颗心也便静定些。

因为安徒生，丹麦变成童话的故乡。

《丑小鸭》。
《海的女儿》。
《拇指姑娘》。
《皇帝的新装》。
《卖火柴的小女孩》。

这些都是安徒生的作品。

1805 年 4 月 2 日，汉斯·克里斯蒂安·安徒生出生于丹麦的欧塞登。欧塞登，是丹麦菲英岛最大的城镇，也是丹麦第三大城市。1000 年前，那里就有教堂。后来，因克努特圣王来到欧塞登的圣阿尔邦教堂拜会，各地前来巡礼之人也开始络绎不绝。往日寂静的欧塞登，也从此热闹起来。

安徒生是他的姓氏，他和父亲都叫汉斯。小汉斯家境贫寒，他虽不俊俏，但很聪慧。父亲是个鞋匠，母亲是个农妇，也当浣衣女工。安徒生出生的那张床，是他的父亲用棺材木板自己制作的。那时贵族使用过的棺材用来拍卖，却无人问津。只有穷困的安徒生一家如获至宝，用低价购回。

家徒四壁，当是如此。

一间小小的屋子，既是老汉斯的鞋匠作坊，也是小汉斯的家。小汉斯是家中独子。那个年代，十分难得。虽然安徒生一家穷困，但是父亲、母亲和祖母对小汉斯的爱，令他童年无忧，十分快乐。天性乐观之人，无论身处怎样的逆境，总能于黑暗之中看到光明，于荒芜之中寻得生机。

母亲和祖母都将他视若珍宝，疼惜有加。老汉斯更是会把自己所有的闲暇时间都用来陪伴儿子，给他读《一千零一夜》，讲拉·封丹的寓言故事，说路德维希·霍尔堡的剧本情节，朗诵莎士比亚，也为他做木偶玩具，做一拉绳子就能翻页的图画书，还会带他去看看戏剧、听歌剧。

《国王与小鸟》动画海报
根据《牧羊女与扫烟囱的人》
改编

《丑小鸭》动画海报

《拇指姑娘》动画海报

老汉斯一生寒苦，唯一的快乐是与儿子一起。小汉斯没有什么朋友，总是独来独往，家人给了他童年大部分的陪伴。当年，欧洲战乱，拿破仑率军征伐各国，挑战欧洲封建制度，成为不少人心中的英雄，其中也包括老汉斯。老汉斯虽是鞋匠，但一直心欲从戎。不久，他便自愿当兵，随军离家。

只是，未及载誉，便已归来。战争的突然结束，令老汉斯的军人梦想破灭，而短暂的军旅生涯，又迅速摧垮了老汉斯的身体。回家不久，老汉斯便呓语不断，有天不假年之相。1816 年，小汉斯 11 岁时，父亲早逝而去。父亲离世之后，家中失去经济来源。母亲只能靠浣衣维持生计。

后来，母亲改嫁，继父仍是一名鞋匠。社会底层的贫民子女，都是小小年纪便要务工谋生。唯独小汉斯，家人迟迟不舍，还送他去读了民间的慈善学校。虽然接受教育的时间不长，但是在父亲的影响下，他喜欢读书，迷恋表演，会背不少剧本，有一副天生的好歌喉，也写过一些稚嫩的片段。

他热爱与艺术有关的一切。

可是，他首先得活下去。活着，才能谈论其他。母亲一直希望小汉斯能当一名成功的裁缝，就送他去纺织厂当了学徒。年代局限，人们的思想闭塞。小汉斯生性斯文，身材瘦高，却被认为缺乏男子应有的阳刚之气，这让他始终无法融入底层的群体生活。短暂的务工生涯令他受尽霸凌和羞辱。

无法忍受折辱的小汉斯，逃离纺织厂，再不愿回去。后来，他又去了一家烟草厂，包装鼻烟。在烟草厂，他整日沉默，生怕引人注意遭受不公。可是，这个时候，烟草工作令他染上肺炎，只能辞工回家。如此下去，原本恣意生长的小小少年，终将枯萎。母亲心疼，就此作罢。

不再务工的小汉斯，长日流连于街坊，浸染于流传民间的口头文学，自得其乐。他听邻居读诗，给邻居表演。他把听来的故事，再说给另外的人听。他吃着最简陋的餐食，穿着打补丁的衣裳，但不觉得苦。靠近文学和艺术的时候，小汉斯从来不曾有过“贫穷”的概念。每一日，他都很快乐。

1819 年，在母亲的安排下，14 岁的汉斯受坚信礼。母亲是基督教徒，她觉得受礼之后的儿子才算长大成人。礼成之后，汉斯面对的是作为一个成人应有的担当，找份工作，谋求生计。如果没有哥本哈根的皇家剧院来欧塞登的演出，或许汉斯也会潦草一生。皇家剧院的到来，令汉斯看到了自己的心之所向。

最初的汉斯，想当一名演员。

他的第一个梦想，与写作无关，而是当演员。他看过的每一场剧团演出，都令他对表演充满执念。但当他与母亲讨论自己的将来，始终无法达成一致。在汉斯表达了自己想去丹麦首都哥本哈根，追求艺术的想法时，母亲十分担忧，甚至找来了一名有“女巫”名号的妇人，为汉斯算卦，以此劝退。

不过，占卜的结果出乎母亲的意料。妇人说，汉斯会功成名就，恩泽故乡。因为迷信，母亲没有再说什么，只好顺从汉斯的心意。不过 14 岁，汉斯就已孤身一人，离家远行。家境穷困的汉斯，只能带着自己多年积攒下的一点零钱，踏上远行之路。前途未卜，一切充满未知。

离开那日，祖母和母亲将他送至城门而别。

彼时，汉斯心中是否也曾有过一丝忧惧？小小年纪，离家寻梦。寻一个杳渺无期的梦。遗憾的是，他和祖母，经此一别，再未相见。第二年，祖母便离开人世。后来，他说由于祖母埋在穷人的乱葬岗，自己一辈子都不知道祖母的墓到底在哪儿。人生憾事多半如此，没有预兆，不能回头。

1819 年 9 月，他来到哥本哈根。

在哥本哈根，他开始了从“汉斯”蜕变成“安徒生”的长达 10 年的冒险。面对村野莽夫的霸凌和羞辱，他恐惧，也怯懦。可是，面对圆梦路上的挫折和阻碍，他勇敢，又无畏。

最初，他只身来到哥本哈根，举目无亲，四下无依，只带着一封自己在家乡求来的介绍信。这封信，是伊韦尔森写的。他是汉斯家乡的一名印刷商，在当地很有声望。信是写给哥本哈根的芭蕾皇后的，即便他与芭蕾皇后并不相识。汉斯不谙人情世故，天真地以为伊韦尔森的名望会让芭蕾皇后对自己青眼有加。结果可想而知。开门的仆人把他当成乞丐，见面之后，他被匆匆打发。

别人问他，擅长表演什么人物？

谁敢相信他会回答：辛德瑞拉。

之后，他又去当地剧院找工作。剧院经理觉得他身形不佳，其貌不扬，汉斯再次无功而返。此时，接连受挫的汉斯连住宿的费用都已负担不起，体验到了真正的朝不保夕。哥本哈根，是他的梦想之城。可是，没有人愿意给他一个尝试靠近梦想的机会。换作旁人，或已气馁。

一个人若想要有所成，最惧半途而废。

在表演没有指望的时候，他想的，不是无功返乡，而是除了表演，他还有什么？一副好嗓子。虽已身无分文，但他毫不露怯。表演不成，那就唱歌。他想起读过的报纸上曾写过音乐教授西博尼的事迹。谁敢凭着这样的线索，四处谋生？汉斯敢。什么是一腔孤勇？汉斯如是。他开始寻找西博尼。

西博尼是一个讲德语的意大利人，哥本哈根皇家音乐学院院长。西博尼盛名在外，不难打听。找到西博尼的住处后，一身褴褛的汉斯，十分勇敢地上前敲门。这次开门的管家与芭蕾皇后住处的女佣不同，非但没有将他当作乞丐，还悉心聆听他的诉求。汉斯天真坦诚，敢于暴露自己的短处和缺失。

我穷。
我一无所有。
我想歌唱。

他既敢说，也不自卑。在梦想面前，所有的软肋，都不应羞耻。而这，并非人人能做得到。汉斯可以。正是这份赤诚，令西博尼感动。在书房，汉斯当着众人的面，唱歌、背诗。这一次，汉斯终于得到赞美。他跟随西博尼学习了 9 个月的声乐，直到发育而变声。

变声之后，汉斯的好嗓子消失了。西博尼倍觉惋惜。这意味着，汉斯表演、歌唱的梦想相继夭亡。该是退缩的时候了吧？不，他还要继续。他孤身一人，四处求助。为梦低头，从不可耻。从西博尼的书房开始，这个来自欧塞登的寻梦少年之名，慢慢流传至哥本哈根的上流社会，陆续有人愿意资助这个孩子。

安徒生剪纸作品

他们给他建议，救济他的日常。

汉斯热爱剧院。他总想做点与之有关的。喜欢什么，就做什么。他开始写剧本。他只读了几年慈善学校。有时，连词语的拼写、文法的使用都是错的。剧本被一再退稿、驳回，他不惧。剧本被一再批评、嘲笑，他不怕。万事不敌他“敢”做。既敢写，也敢示人，他的“敢”非常人可比。

然后，他遇见了约纳斯·科林。

人间善恶缭绕于身。有人欺辱他，有人爱护他。所有帮助过汉斯的人，他在回忆往事时都对他们充满感恩。这些人中，唯有约纳斯·科林，是真正改变汉斯一生的人。没有他，汉斯不会变成“安徒生”。他就职于丹麦国家枢密院，真正地处于上流社会。他一心柔软而喜怒不形于色，是真正心有大海之人。

他要汉斯回归学校。

他说，你去念书，钱我来解决。

汉斯无法想象，他可以去念书。他出身底层，又很贫穷，从无机会去正规学校就读。但在汉斯身上，约纳斯看到了忽明忽暗的光芒。汉斯有天资、极勤奋，唯一缺少的就是正规教育下积淀的底气。这种底气，约纳斯给了他。在回忆录中，汉斯提到约纳斯时用的句子是“如我的慈父一般”。

1822年，汉斯离开哥本哈根，去了斯拉厄尔瑟文法学校，从头学起。约纳斯出面，让校长梅斯林同意汉斯免费就读。每3个月，约纳斯会寄给汉斯一笔生活费。这些钱，是约纳斯为他向丹麦国王申请的赞助基金。汉斯曾说，命运从来不曾施恩于家人，仿佛是为了全部留下给他。

汉斯，几乎没有学习基础，学校课业带给他巨大压力。作为同年级岁数最大的孩子，他说自己“像是一个不会游泳的人被扔进了大海”。他看到自己的单薄，也看到更宽阔的天地。勤奋，是他与生俱来的特质。苦难，是他朝夕相对的日常。迎难而上，是他从未脱身的习惯。

一直以来，汉斯的寻梦之行，犹如盲人摸象。喜欢的，未必适合，适合的，不曾了解。在斯拉厄尔瑟，汉斯开始写诗。当一个诗人，成了汉斯继表演、歌唱之后的第三个梦想。这一次，他成功了。他不再是那个连拼写、文法都会出错的少年。接受学校教育，令他的文字变得准确、细腻、深刻。

1826 年，汉斯转学至赫尔辛格文法学校。梅斯林迁任至赫尔辛格文法学校当校长。去的时候，他带上了故交约纳斯托付给自己的汉斯。在赫尔辛格，图书馆成了汉斯最爱的去处。1827 年，汉斯发表了诗作《垂死的孩子》《夜晚》和《可怕的一小时》等，他终于在文坛崭露头角。

1828 年 9 月，汉斯考上了哥本哈根大学。他在念书期间，除了写诗，便是构思诗。他把构思时自己脑中所有的古怪想法都记录了下来，最后积累成册，成为汉斯出版的第一部作品《从霍尔门运河至阿迈厄岛东角步行记》，也称作《阿迈厄岛漫游记》。1829 年，他自费出版，被广泛传阅。

这部《阿迈厄岛漫游记》成功吸引了出版商的注意，被数次购下版权，先后出了丹麦语本和德语本。昔日，少年离家，孤身流浪，从欧塞登来到哥本哈根。如今，一去 10 年。10 年熬煮，他终成材。旧时岁月，画上句点。崭新人生，迎面而至。汉斯，跻身丹麦文坛，成了一名作家。

别人开始叫他，安徒生先生。

安徒生与狄更斯

100 多年过去，“安徒生”三个字代表着童话故事。可是，童话全然不能代替安徒生。众多读者，与安徒生童话一起长大。然而，最初是小说、戏剧、诗歌和散文游记，为他赢得了声誉。总有人说《丑小鸭》是安徒生的自传性质童话。大概是吧，从“丑小鸭”汉斯蜕变成“白天鹅”安徒生。

从 1830 年开始，安徒生陆续出版诗集、游记，剧本也被搬上舞台。大学毕业之后，他一直以稿费为生。1832 年，27 岁的安徒生才开始发表童话。1835 年，他出版第一部童话集。自此，声名鹊起。安徒生与童话互相成就。童话令安徒生闻名于世，安徒生让童话不再是边缘文学。他这一生，仿佛就是童话本身。

从《豌豆上的公主》到《拇指姑娘》，从《皇帝的新装》到《海的女儿》，从《丑小鸭》到《卖火柴的小女孩》。至今，安徒生童话有超过 150 种语言的译本。1875 年 8 月 4 日上午 11 时，这个高高瘦瘦的老人，因肝癌逝世于朋友的乡间别墅。离开时，他 70 岁，一生未婚，热爱旅行。

他寂寞吗?

我不知道。

可我明白：

最漫长的旅行，是一个人孤独终老。

13

莫奈

别怕，我也曾穷愁潦倒过

莫奈画作《睡莲》

2020年，电视剧《三十而已》里，顾佳为儿子读书一事奔波，欲请住同一栋楼的王太太帮忙。带着自己亲手烘焙的蛋糕，顾佳去找了王太太。王太太买了一幅画，正运回家，是莫奈的《睡莲》。可是，连《睡莲》是谁画的，王太太都不知道。她说了一句“凡·高的《睡莲》”，顾佳目瞪口呆。

王太太是暴发户，读书不多，常遭上流社会太太们排挤。她知道，有了这幅画，旁人会对她刮目相看。这幅画，是她伪装自己最有力的武器。即便王太太不懂画，她也知道它了不起的程度，足以隐藏一己之短。因为，它是《睡莲》。哪怕，只是一幅赝品，它也依然在发光。

1840 年，世界上发生了很多事。有些事，听上去很大。比如，5 月 1 日，英国发布了世界上第一枚可以粘贴的邮票。有些事，听上去很小。比如，11 月 14 日，住在法国巴黎第九区拉菲特街 45 号五楼的一户人家，女主人里生了个儿子。这个孩子生下来，皱皱巴巴，毫不特别。

他叫，奥斯卡－克劳德·莫奈。

奥斯卡是家中次子。他有个哥哥，叫莱昂·帕斯卡·莫奈。母亲是歌手出身，叫露易丝·贾斯汀。父亲克劳德·阿道夫·莫奈以前是一名商船船员，后来开了一个杂货铺，成了小老板。虽然出生在巴黎，但奥斯卡在海边长大。5 岁那年，一家人搬去法国北滨的勒阿弗尔。

在那里，奥斯卡看到了另一个世界。那里，有日出和渔人，有海岬和波涛，有沙滩、礁石和海面清晨半透明的雾气。还有，独属于这座诺曼底海边小城的宁静。所有走过的路，看过的景，爱过的人，都会成为未来人生的基石。奥斯卡，有一双能看见美的眼睛。这是他的天赋。

从小，他就喜欢涂鸦，什么都画。天空、海洋、船只，还有人。他天性不羁，不爱读书，总在乡野闲逛。画着画着，开始有人赞叹。父亲对此不以为意，母亲却能看到希望。11 岁时，母亲送他去了勒阿弗尔的第二艺术学校念书。15 岁时，他的人像漫画，充满讽刺意味，在当地小有名气。

莫奈自画像

他画了很多人，有当地的居民，有自己的老师。那些人像漫画被挂在当地装裱师傅的商店橱窗里，很受欢迎。慢慢地，有人开始向奥斯卡求买画像。那时，靠卖当地居民的人像漫画，奥斯卡已开始赚钱。父亲是个粗人，看到儿子的画可以卖钱，他才茅塞顿开，有所重视。

当时，奥斯卡画的都是素描，人像大多是书刊报纸上的那种讽刺漫画。他不知道自己的一支画笔，会将自己带向何处。只是喜欢，只是画着，直到他遇见欧仁·布丹。就在那家装裱店，也挂着欧仁的画。他年长奥斯卡 16 岁，小半生都住在勒阿弗尔。他注意到了奥斯卡。

相识时，奥斯卡只觉他是个怪人。他总在户外作画，总是画海，画海上的人、海上的浪、海上的天、海上的灯塔和一切。是他对奥斯卡说，不要浪费自己的天赋，别只画讽刺漫画。是他对奥斯卡说，要打开眼睛，捕捉光线和天气变化之下的所见。是他带奥斯卡去海边作画。

欧仁·布丹，是他的恩师。

1857 年 1 月 28 日，奥斯卡的母亲突然过世。她是家中唯一支持自己画画的人。母亲病故之后，父亲萎靡不振，把奥斯卡送去了巴黎，住在其妹妹也就是奥斯卡的姑妈勒卡德的家中。勒卡德家中富裕，丈夫去世之后膝下无子，又十分热爱艺术，愿意照顾并资助奥斯卡求学。

1859 年，奥斯卡重回巴黎。19 世纪的巴黎，就像 15 世纪的佛罗伦萨和 17 世纪的罗马，是各路文艺人马齐聚争鸣之地。虽然姑妈希望他加入传统画院学习，但他还是选择去了新潮、自由的“斯维塞画院”，过得十分自由。不过，快活的日子很短暂。

1861 年 4 月，他被征召入伍，加入了非洲轻骑兵第一军团，被派驻到阿尔及利亚的阿尔及尔。原本需要服役 7 年，结果一年之后他因感染伤寒，结束了自己的军队生活。按照惯例，勒卡德姑妈需要雇佣别人替他从军，为此可能替他缴纳了 3000 法郎的昂贵费用。

病愈之后，奥斯卡直奔翁弗勒尔与恩师欧仁会合。翁弗勒尔，既是欧仁的故乡，也是他的活跃之处。在欧仁介绍之下，他认识了自己的另一位恩师约翰·巴托德·容金德。欧仁教他观察，让他爱上户外作画。

卡米耶肖像

约翰教他用色，令他迷上斑斓色彩。不过，姑妈待他不薄，他得回去。

1862年，他进了夏尔·格莱尔的画院学习。为报姑妈恩情，奥斯卡知道自己必须画出个名堂。他参加了巴黎沙龙一年一度的全国画展，那是展示自己作品最好的机会。1865年，奥斯卡初露锋芒。他的两幅作品《退潮后的勒阿弗尔海角》和《翁弗勒尔的塞纳河口》，成功入选沙龙画展。

他成了别人口中的莫奈先生。好事成双。25岁那年，莫奈碰到了一个来自里昂的姑娘。她叫卡米耶–莱奥妮·汤希尔。当周身好友一个个开始画女性人体时，他的生命里依然只有勒阿弗尔的海岸、翁弗勒尔的港口，或是画院、沙龙、殉道者酒馆、乡野写生。不算单薄，可总缺点什么。

卡米耶成了画院的人体模特。他一遍遍画着面前的女子，好像总也画不完、画不够。他爱上了卡米耶。1866年，他与卡米耶相恋。是年，他为了她作了一幅画。他没有画她的裸体，在他的画中，卡米耶身穿黑色外套，绿色裙子。她背对着自己，微微侧脸。面上的表情，复杂难言。

莫奈画作《花园中的女人》

有疲倦。

有惆怅。

有笑意。

彼时，卡米耶 19 岁。这幅画叫作《穿绿裙的女人》，令奥斯卡得以再次在沙龙参展。莫奈两次入选沙龙的画作，若说第一次令他引人注意，那么第二次则令他声名鹊起。这幅卡米耶的人像画，在展览上饱受赞誉。然后，他又以卡米耶为原型，画了一幅《花园中的女人》。

莫奈画作《穿绿裙的女人》

可是，好运并非一直都在。1867 年，沙龙画展拒绝了这幅画。祸不单行。此时，卡米耶怀孕。婚外有孕，不仅令她声名狼藉，也令莫奈的姑妈大为不满。莫奈失去了经济支援。他虽已有名气，但作品无人购买。除了负担自己，他还要照顾卡米耶和腹中孩子。生活瞬间拮据，莫奈开始了借钱负债的日子。

1867 年 8 月 8 日，卡米耶为莫奈产下一子，让 · 莫奈。莫奈的日子变得窘迫、潦倒。虽然朋友们会伸手救济，但到底只是杯水车薪。无穷无尽的债务，令莫奈身心俱疲。莫奈用自己的画当作交换，请人来照顾卡米耶，可因无法承担房租，最后一家子还是被赶了出来。

无奈之下，一家人只能避居乡野。贫穷，实在可怕。莫奈甚至想过自杀，去塞纳河投河自尽，一了百了。可是，儿子尚在襁褓之中。他一死，母子二人怎么活？他只能忍，只能熬。他开始疯狂作画，无有昼夜，不分寒暑。哪怕贱卖，画得多了，还清债务的可能性也总大些。

直到儿子 3 岁时，莫奈和卡米耶才结婚。婚礼简陋，双方家族无一人前来。不久，普法战争又爆发。昔日救济过莫奈的画家弗雷德里克 · 巴齐耶，从军不到 3 个月便战死沙场。世道一片混乱，莫奈带着妻儿颠沛流离，逃难去了英国。在伦敦，他遇到了画商保罗 · 迪朗 – 吕埃尔。

日子终于有了转机。

保罗比莫奈大 9 岁，是一个既有野心，也有眼光的画商。他一眼看中莫奈的画，出手大方。他给了莫奈一张支票，让他放心去画。莫奈这才有翻身的机会，摆脱数年来的危困。世事多险阻，只怕有心人。若是当年莫奈在塞纳河边纵身一跃，所有的故事都再无后续。还好，他挺住了。

日子缓和些的时候，莫奈去了一趟荷兰，在阿姆斯特丹西北的赞丹港，住了 3 个月。这 3 个月里，他依然疯魔一般不停地作画，画海港，画风车，画平原，画运河。离开赞丹返回巴黎的时候，他带上了自己完成的 50 多幅画作。勤奋，是一个人想要成功永不可缺的基石。

1871 年秋，莫奈一家回到巴黎，住在郊区的阿让特伊，一个塞纳河畔的小镇。小镇景色如绣。莫奈买了一艘船，还安装了船舱和放置画家的台子。如此一来，无论风雨，他都能在船中作画，描摹塞纳河畔之美。那段日子，莫奈找回了久违的安稳和惬意。

日子要过下去，就得一直想办法赚钱。长期以来，巴黎沙龙垄断了艺术家展示和出售作品的机会，莫奈等遭受排挤的年轻艺术家没有出头之日。为此，莫奈和同期的年轻艺术家们，决定成立一个“匿名协会”，举办属于他们自己的展览。1874 年 4 月 15 日，“匿名协会”第一次开展。

初次展览，门可罗雀。没什么人购买他们的画作。不过，只要有动静，总有人关注。此次展览，莫奈拿出了 12 幅画作展览。其中，就有后来闻名于世的《印象 · 日出》。当时，艺术评论家路易 · 勒鲁瓦看过展览之后，十分不屑，直接引用莫奈作品标题中的“印象”二字大肆嘲讽。

莫奈画作《印象·日出》

他以和自己结伴看展的朋友之口，说莫奈的《印象·日出》确实给人留下深刻印象，因为作品的完整度还不如一张墙纸。他还创造出“印象派”一词大加嘲讽。虽是出于讽刺，但“印象派”一词因此被载入史册。正是，无心插柳柳成荫。1874 年 4 月，“印象派”应运而生。

展览不太成功，众人并未气馁。后来，他们索性直接用“印象派”画家称呼自己，既是宣誓，也是反击。作为印象派画家的核心之人，哪怕无人买画，莫奈也从未中断自己的创作。反而，他憋着一股劲儿，变得更有斗志。哪怕，只拥有塞纳河畔一叶扁舟，他也要画下所有。

有一次，为了画巴黎的圣拉扎尔火车站，巧舌如簧的他竟说服车站工作人员推迟了一班前往鲁昂的列车，只因“过一会儿光线会更好”。莫奈直接“描绘自然，力求表达自己在面对转瞬即逝的光景时产生的印象”的创作态度，一生不改。1876 年，印象派画家再次办展，莫奈赚了 2000 法郎。

卖出去的是那幅《身着日本服装的莫奈夫人》，画的还是卡米耶。卡米耶就是他的缪斯。可是，不久之后，她就病了。那时，她怀着莫奈的第二个孩子。1878 年 3 月，莫奈次子米歇尔·莫奈出生。孩子出生后，卡米耶出现肺结核的症状，身体日益虚弱。莫奈一家，重陷危机。

1878 年夏天，一家四口离开了阿让特伊，搬到了塞纳河下游一个叫维特依的小镇。当时，资助过印象派画展的埃内斯特·霍舍德突然破产，全家也搬到了维特依，成了莫奈的邻居。1879 年 9 月 5 日，只有 32 岁的卡米耶不幸离世。维特依有史以来最冷的冬天，也随之来临。

塞纳河，慢慢冻结成冰。

妻子死后，莫奈甚至没有时间伤痛，因为他还有儿子，满脑子都是怎么养活他们。一场寒冬，让他在绝望之中找到了机会。他开始画塞纳河上的浮冰。1880 年 4 月，几经斡旋，莫奈在《现在生活》杂志社的办公楼里成功筹划了一次个人展览。一幅《浮冰》救了他。

高价售出《浮冰》，不仅解决了莫奈和两个儿子的生活，也令他身价倍增。他开始专注经营个人和作品。后来，连印象派的画展都不再参加。有人说，他只爱炒作，只喜欢钱。他当然喜欢。因为他不止一次地穷过，所以他才真真切切地害怕。没有几个人，像他一样，曾经穷到想要自杀。

莫奈的时代，正慢慢到来。各大画廊，陆续相邀。除了在英国相识合作多年的保罗，就连文森特 · 凡 · 高的弟弟提奥 · 凡 · 高也买走了莫奈的画。莫奈开始有意识地周旋于各大画廊之间。成功提升身价后，让他彻底远离穷愁，再无经济束缚。他的一支画笔，也得到自由。

莫奈在画室

莫奈在家中

1881 年，邻居埃内斯特去世之后，留下了孀居的爱丽丝·霍舍德和他们的六个孩子。除了抚养自己的两个儿子，莫奈还照顾着霍舍德一家。1882 年，他决定和爱丽丝结婚，干脆两家一起生活。1883 年，这一大家子人离开维特依，搬去了吉维尼镇，住进一处更加宽敞的宅子里。

吉维尼成了莫奈余生所居之处。后半生，他过得富足安闲，创作愈加旺盛。有几年，他一边旅行一边作画。他去荷兰看郁金香花田，在法国中央高地看火山，沿着诺曼底和布列塔尼海岸线看朝夕变幻的颜色。他对海之迷恋，从少年时的勒阿弗尔开始，从未绝断。

他画地中海，画博尔迪盖拉，画为自己搬运画架的工人佩尔·波利。他画家附近的稻草堆，画镇子里的白杨树，画鲁昂大教堂。1890 年，莫奈买下自己一直租住的宅子，又买了一些土地，挖出一个人工小池，种满荷花，还在池上修建了一座别致的日式木桥，有了自己的花园。

然后，他开始画《睡莲》系列。此时，莫奈已是最有商业价值的画家之一，每一幅画都价值不菲。20 世纪伊始，他专注于《睡莲》系列的创作。晚年，他的画作数量非但没有减少，反而超越从前。其中，《睡莲》系列就多达 250 幅，作品的尺寸也越来越大。

1908 年，莫奈带着妻子爱丽丝去了一趟威尼斯。这是他们绝无仅有的牵手旅行。还好，他们有了一次远游。1911 年 5 月，在丈夫身后默默相伴 29 年后，爱丽丝病故。遗憾的是，她没有在丈夫的画作里出现过。第二年，莫奈的眼睛也坏了。他得了退化性的白内障，一度濒临失明。

莫奈在画室工作、在睡莲池边休息

莫奈画作《睡莲》

莫奈历经两次手术，眼睛刚有好转，又患上色视症。看东西不是偏黄，就是偏紫。命运莫测如是。世上对色彩最敏感的一双眼睛，变得分辨不出颜色。然而，没有任何事情可以阻拦莫奈作画的执着。谁会想到，那250幅惊世骇俗的《睡莲》，许多是在他视力模糊的时候画下的。

1926年12月5日，冬日里的诺曼底海岸，寒冷刺骨。吉维尼小镇，一片每年盛夏开满莲花的小池背后，那间依然明亮的宅子里，一个86岁老人，躺在床上，干瘦得不成样子。他已经几乎完全失明。那双看过世间最美日出与大海的眼睛，正对抗着一点一点逼近的巨大黑暗。

最后，他输了。是还想睁开，再看一眼吗？然而，再不能了。那双眼睛，终于不堪重负，疲惫地合上。世上的光，轻轻从他眼中消散殆尽，再无转圜。葬礼上，当他的棺木被盖上黑布时，有人大喊，他不喜欢黑色。可是，他这辈子，早已看尽人间颜色。换上一块印花布后，人生戛然而止。

他就是莫奈。

莫奈

14

梅艳芳

似是故人来

一

我有花一朵，
长在我心中，
真情真爱无人懂。

遍地的野草，
已占满了山坡，
孤芳自赏最心痛。

一首《女人花》令她红遍全国。1997年，她34岁。距离她离开，还有6年。6年，听上去短暂，却也足够一个女人完成自己爱情路途之上必要的几件事。比如遇见，爱上，婚嫁。然而，她没有。或许，她想着，再等等，可能某个人就在不远处。世事无常，突然她便再无机会。

有些事，你想到了，如果不去做，可能再也不会做或者再也做不成了。她是那么热爱这个世界，可这恢宏人间是否也曾待她真心，漫长岁月又是否曾予她温柔与宽宏。或许有，毕竟苍苍人世，爱她的人从未少过，歌迷、影迷无数。可是，到底没有一个男人与她相配。

二

1963年10月10日，梅艳芳出生在香港。

家中，梅艳芳排行最小，有一个姐姐两个兄长。父亲很早便去世，母亲一人抚养4个孩子。幼年，她已体尝到世间冷暖，吃过苦的孩子总要比旁人多出几分铿锵。当年，她的母亲依靠经营一个名叫“锦霞”的老歌舞团支撑着一个家。她4岁就追随母亲在香港荔园游乐场表演。因此，她的音乐开蒙比别人早很多。

童年梅艳芳

1982年，未满19岁的梅艳芳便凭借出众的唱功和自幼跟随母亲表演积累下来的舞台经验，以一首徐小凤的《风的季节》一举夺得第一届香港新秀歌唱大赛冠军，并签约华星唱片公司。同年，梅艳芳推出首张个人唱片《心债》，正式踏入歌坛。

她曾在《明报》采访中说：

我的童年和别的小孩子不太一样，所以很羡慕普通小孩子的生活。中学一年级，大病了一场，休养了一段长时期，功课赶不上，便没有继续正式读书，只靠自修。

跟同龄的人相比，我觉得自己很老，可能因为从小已出来工作吧！我认为青春有一个特点，就是“放”，但我很小年纪已担负很重的担子，所以没感受过青春。

同名主打歌《心债》令梅艳芳一炮而红，街知巷闻。1983年，第二张唱片《赤色梅艳芳》创下白金销量，当中一首《赤的疑惑》入围香港年度“十大中文金曲”。梅艳芳的事业风生水起，她凭一己之力撑起整个家。最好的年华能做自己喜欢的事，已然幸运。她又做得那样好，实在不容易。

1985年，梅艳芳推出了一张极具争议的唱

片《坏女孩》，与她过往唱片风格迥异，唱出女子之叛逆与孤艳。她不拘一格的百变之风开始显露。同年 12 月，她在香港红馆举办“百变梅艳芳尽显光华演唱会”，成为红馆开个唱最年轻的女歌手。首次个唱，就连开 15 场，创下了当时香港歌手首次个人演唱会最多场次纪录。

1987 年，梅艳芳 24 岁。昔年，懵懂纯真的她犹如一朵含苞待放的花，如今，终于盛开。是年，她连续推出了《似火探戈》和《烈焰红唇》两张唱片。她看到了自己的美，开始以性感形象出现在舞台和银幕之上，令歌迷们了解到了更全面、更完整、更成熟的梅艳芳。

她从来不单调。
她毕生要精彩。

从 1985 年到 1989 年，梅艳芳连续 5 年获得香港十大劲歌金曲“最受欢迎女歌星奖”。这么多年，她和歌迷一路相伴一路疼惜，斩获无数音乐奖项。1990 年，她举办了 30 场“百变梅艳芳夏日耀光华演唱会”。之后，对外宣布不再领取任何音乐奖项（其后所获皆是音乐致敬荣誉）。每一步，她都走得果断干脆，斩钉截铁。

梅艳芳在音乐方面所取得的成绩，至今难以超越。她的音乐唱片数量超过 40 张，唱片销量更是遥遥领先于同期的香港女歌手。1998 年，获得香港最高荣誉“金针奖”。2009 年，经“世界纪录协会”评定，她以全球个人演唱会总计 292 场，成为全球华人个人演唱会场次最多的女歌手。

最爱她那首《似水流年》。

她唱：

我怀念，怀念往年。

外貌早改变，处境都变，情怀未变。

舞台上，梅艳芳百变。不过，她变的是造型、风格和美感，不变的是对音乐的专注、执迷和用心。每一首歌、每一张唱片、每一场演唱会，梅艳芳如同意气风发的少年，竭尽全力，毫不保留。她总要把她所能做到最好的一面献给歌迷。

三

梅艳芳以歌手身份出道，同时兼顾表演。早在 1983 年，梅艳芳便已出现在大银幕中。当初，虽然只是客串一些微不足道的小角色，但是对于梅艳芳而言，表演成了她的另一项志趣。对于表演的热爱，一如歌唱，梅艳芳厚积薄发。她从无名小角，一路演到香港影后。

1984 年，梅艳芳凭借《缘分》拿到了第 4 届香港电影金像奖最佳女配角，在影坛崭露头角。之后 3 年当中，已然在歌坛风生水起的梅艳芳更是出演了 10 余部电影。对于电影的痴迷，可以想见。1987 年，梅艳芳迎来了自己电影生涯的一座里程碑。

是年，梅艳芳接拍了中国香港女作家李碧华的剧本《胭脂扣》。这么多年过去了，挚爱的港片仍然是屈指可数的那几部，当中便有《胭脂扣》。李碧华曾说她写原著时，“仿佛有另一只手在借着我的手写字”。我手写我心，便是如此。如今，男女主演皆已不在人世，回看十二少和如花，只叹：

人生斑驳，从来寻常。

世事错落，都是注定。

烟月往事，总是辛酸。名妓与阔少的恩怨纠缠，故纸堆里司空见惯。然而，《胭脂扣》不同。它讲的是风花雪月之后人性里的那一点执着与怯懦。1932年后，殉情的名妓如花，重返人间寻觅当初旧人十二少。说好了的不能同生，但求同死，为何会变成而今的人鬼殊途、阴阳错落?

所有的真相，不过只是旧报章里的那两行标题“名妓痴缠，一顿烟霞永诀；阔少梦醒，安眠药散偷生”。生前的痴缠成了如花死后的执念。她不过是想要找到苟且偷生的十二少，问一句“为何？”然而，人生从来如此，一如李碧华在书中所写：

这便是人生：即便使出浑身解数，结果也由天定。有些人还未下台，已经累垮了；有些人巴望闭幕，无端拥有过分的余地。

这便是爱情：大概一千万人之中，才有一双梁祝，才可以化蝶。其他的只化为蛾、蟑螂、蚊蚋、苍蝇、金龟子……就是化不成蝶。并无想象中之美丽。

最难忘的是，如花递还给十二少那个自己带了53年的胭脂盒子，说了句“我不再等了”，便转身离开的孤独背影。还有，那冷漠蚀心的表情和困厄得解的泪。梅艳芳凭《胭脂扣》里如花一角接连斩获了第24届台湾电影金马奖、亚太影展、台湾金龙奖和第8届香港电影金像奖4个最佳女主角奖项。

20世纪90年代，她是香港最具票房号召力的女明星之一。由她主演的《审死官》《东方三侠》和《逃学威龙3：龙过鸡年》都创下过票房纪录。除此之外，她出演的《现代豪侠传》《新仙鹤神针》《金枝玉叶2》《钟无艳》等，也是香港电影的经典之作，至今拥趸无数。

1997年，梅艳芳凭借许鞍华导演的《半生缘》中“顾曼璐”一角，拿到第17届香港电影金像奖最佳女配角奖。然而，人生从来不会一帆风顺。面对困境，梅艳芳积极乐观。她说：“对于未来，通，是积极；化，是消极，我不想‘化’。生命是微妙的，不管明天如何，也应该把余下的日子过好。”

日子总要过下去，一如她所唱：

寻觅中或者不知畏惧，
曾是这样的爱，
曾是这样的对。
如今，自觉真的太累，
唯愿笑着的醉，
唯愿继续的醉。

四

梅艳芳是天秤座。

她曾在采访中说："我是天秤座，天生爱伸张正义。我的儿时志愿是当警察。"天生好嗓，她当了歌手，没有去做警察。不过，刚正不阿的她常常在娱乐圈为人出头。她说："我觉得自己天生是金庸小说里的大侠，只是生错了时代。"天秤座的人温和心善。人人都知道她是最讲义气的那一个。

世间最经不起考验的东西，就是人心。出道之后，梅艳芳红遍香港，收入自然也高。幼年时候，母亲撑起一个家。如今，这个重担落到了梅艳芳的肩上。对此，她无怨无悔。为家付出，梅艳芳毫不保留，总是竭尽所能。许是这个缘故，长期受惠于梅艳芳的家人，日渐觉得一切都是理所当然。

20 世纪 80 年代，梅艳芳的大哥梅启明要开狗场。母亲覃美金要梅艳芳拿钱出资。她一口答应。可是，梅启明并非敦厚之人，也未见用心经营。区区一年，梅启明便亏损 400 万港币。随后，梅启明逃往美国，把巨额债务留给了梅艳芳。被长兄欺骗出卖，令梅艳芳绝望。最后，她只能向法院申诉，表明自己与债务无关。

自此，兄妹二人鲜少往来。

梅艳芳热心公益。1993 年成立的梅艳芳"四海一心慈善基金会"至今仍在造福社会。3 年之后，覃美金也创办了"世界中西医学抗癌基金协会"，并要求梅艳芳担任名誉主席。之后，她为该协会累计捐出超过 1000 万港币。然而，母亲手下财务混乱，纰漏甚多。2000 年，梅艳芳辞去该协会名誉主席一职。

唯有孤独和苦难是恒常的。就像梅艳芳所说："人生始终是苦，在什么位置也会受苦，没钱的时候固然苦，有钱同样有烦恼，无论哪个身份也有自己的烦恼。"血浓于水的一家人，最怕的便是因钱财而心生芥蒂，弄到彼此生分。梅艳芳感念母亲养育之恩，始终隐忍。

其实，她明白的。今时今日的母亲和大哥早已不是当初的那两个人。家里对她最好的，只有姐姐梅爱芳。当年，梅艳芳参加歌唱比赛一举夺魁，姐姐比她还要高兴。可是，命运刻薄。2000 年 4 月，唯一真心待她好的亲人，撒手人寰，离开了人世。

姐姐病逝之后，梅艳芳痛定思痛。她说："今次令我有所启发，我的人生观有所改变，要活得坚强，任何逆境，更多挫折，更多不快，我都会同自己讲：It's nothing！没有任何东西比生命更重要，只要有生命，任何事都可以从头再来。"

梅艳芳病重之时立下遗嘱，生怕母亲花钱无度，把留给母亲的生活费分月支付，每月 7 万港币，直至母亲终老。遗嘱还指明，母亲去世后，所有资产会扣除开支全部捐给妙境佛学会。

同时，她也为四名外甥、侄女预留了充足的教育经费。然而，对于梅艳芳的遗嘱，家人并不满意。

好在，梅艳芳没有看到人性最丑陋的那一面。梅艳芳离世之后，覃美金不惜花费巨额律师费用，几度上诉，要求法院裁定遗嘱无效，重新分配梅艳芳遗产，尤其是梅艳芳遗嘱当中将自己的两处海外房产赠送好友刘培基，令梅家人如鲠在喉。"梅艳芳遗产案"一度成为娱乐圈的焦点话题。

是是非非，真假难辨。

令人唏嘘。

生者如此嚣扰，逝者如何安息？

五

2000 年 7 月。

梅艳芳参加一个聚会，见到不少歌迷。原本神采奕奕的她，上了舞台，还未开唱，忽然情不自禁开始落泪。她走到歌迷身边，问了一句："你们是真的爱我吗？"说完这句话，她泣不成声。在梅艳芳歌迷编写的那本 *Anita With* 中读到这则小事，心中震惊。要经历怎样的彷徨，才能让像她那样的巨星问出这句话呢？

这么多年，她终未能寻得一人心，终无法白首不相离。坊间流传的绯闻，真真假假，无从辨认。从梅艳芳口中确定的，不过只是那么三五个人。她和苗侨伟恋过，和邹世龙恋过，和近藤真彦恋过，和林国斌恋过，和赵文卓恋过。后来呢，也再没有什么后来。

同是过路同做过梦，本应是一对。
人在少年梦中不觉，醒后要归去。
三餐一宿也共一双，到底会是谁。
但凡未得到但凡是过去，总是最登对。

此时，梅艳芳这首《似是故人来》，听来最是应景。总有人说，刘德华和梅艳芳最是登对。2002 年，梅艳芳自己也曾在演唱会中说，如果刘德华向她求婚，她会毫不犹豫。然而，没有。对的时间遇见对的人，这是世人的爱情理想。无奈，世事蹉跎，总有缺憾。

2003 年 9 月，梅艳芳公布了自己的病情：宫颈癌。此事公布之后，梅艳芳的歌迷、影迷，无一不痛心疾首，他们是那样害怕失去她。她展现给身边人的，永远都是乐观的模样。如果没有她的潇洒和孤媚，这个世界将会多么枯燥和乏味。有歌迷在 *Anita With* 中说：

从报纸杂志传来她患病的消息，不相信，当然不信，Anita 一定无事的，报章乱传，无聊之作！日子一天一天过，消息愈传愈厉害，心中默默祷告。不敢相信的消息，在酒店的记者会上她亲口宣布出来了，我们哭着，听着，为她担心着……但她叫我们相信她，她会努力坚持，她会和我们一起活在当下。

Anita 是梅艳芳的英文名。这个名字在她的歌迷、影迷心中，一如邻家女孩，仿佛是朝夕相对，日日都在一起的。她分明犹如空气、水、日光一般，早已恒存于你的日常。突然有一日，她病了，甚至可能要永远地离开。叫你如何能接受？

2003 年 11 月，重病的梅艳芳举办了八场“经典金曲演唱会”。最后一场令世人难忘。最后一场演唱会的最后一支歌，她穿上了一件只属于她的真正的婚纱。佩戴的珠宝是她十几二十年前就买下来的布契拉提（Buccellati）。原本，她是想要出嫁那天戴的。

穿上婚纱，登上舞台，她哽咽了。

她说：

我穿婚纱好看吗？但是，错过时间了。很可惜，我也曾经有数次穿婚纱的机会，但是自己错过了。每一个女人的梦想，都是拥有自己的婚纱，有一个自己的婚礼。我相信自己已经没机会了。

我是一个歌手，也是一个演员。穿婚纱，我已经不是第一次，但是，每次都不是属于我的。我告诉我的拍档刘培基，我好想穿一次，就算是没有人娶也好，做一件属于自己的婚纱，穿给大家看一看。终于，他给我做了这一件，既简单又隆重的婚纱。可能只是穿一晚，或是在整个演唱会中都穿着，这件婚纱便要放进仓库。

人生便是这样。有些时候你预料的东西，你以为拥有的东西，偏偏没有拥有。我以为自己会在28岁或是30岁之前结婚，希望在32岁拥有自己的家庭，希望有自己的小孩，但也没有。终于过了40岁了，我拥有什么？……我拥有你们。

听到这里，歌迷们已然哭成泪人。世间人情物事，错落是寻常，悔恨是寻常，无奈是寻常。梅艳芳终究是没有实现自己出嫁的愿望。可是，她当真不曾嫁吗？在世人心中，她早已嫁给了她的艺术生涯，嫁给了她的歌迷和影迷，嫁给了舞台和大银幕。

最后一支《夕阳之歌》唱完，梅艳芳身穿曳地婚纱，转身拾级而上，缓缓离开。离开身后的舞台、歌迷、难以言尽的旧日岁月和那些已完成或是未实现的人生夙愿。台阶尽头的那扇门仿佛等候许久，终于为她打开。站在门口，她突然回头，喊了一声：“再见！”

一声再见，便是永诀。

40几天之后，梅艳芳病逝于香港养和医院，终年40岁。她说："做人这么多烦恼，我这一生酸甜苦辣都试过了，下辈子，我宁愿只当一只小鸟，在天上飞来飞去。"

这一天，2003年12月30日。我记得，那日大街小巷铺天盖地播着她的那一首《女人花》。

爱过知情重，
醉过知酒浓，
花开花谢终是空……

15

查理·卓别林

有限温存，无限心酸

一

破旧的圆顶礼帽。
一撮浓密的胡子。
窄小紧身的夹克。
肥大松垮的裤子。
不合脚的大头鞋。
一根竹杖不离手。

展开面前的海报，看到他，刹那欢喜。有的人，总能在你难过时逗你一笑。笑过之后呢？你会发现，你变得惶恐，甚至忧伤。因你希望那快乐久一点，久到你能确定它曾真切存在过，哪怕只是一瞬间。快乐，是世上最干净的东西。可是，海报里的他，看着看着，又很惆怅。

快乐给了别人，那他自己呢？

1889 年 4 月 16 日，查理 · 卓别林出生在英国伦敦南沃克区东沃尔沃斯大街，本名查尔斯 · 斯宾塞 · 卓别林。母亲汉娜 · 希尔出身寒微，是修鞋匠之女。父亲查尔斯 · 卓别林一世的家境相对好些，父母是屠夫和税务员。两人都十分热爱艺术。结婚之后，夫妻卖艺表演，以此谋生。

可惜，在老查尔斯去美国演出期间，汉娜的一次红杏出墙，毁掉了这个家庭。最令老查尔斯无法接受的是，汉娜的出轨让她意外怀孕，替别人生了一个儿子，惠勒 · 德莱登。查理很小，父亲便离开了汉娜，离开这个他再也无法隐忍居住的家，成了一个失意落魄的酒鬼。

查理有个年长自己 4 岁的亲哥哥，西德尼 · 卓别林。父亲离开之后，母亲汉娜独自抚养卓别林兄弟，日子过得清苦艰辛。然而，一切又是谁造成的呢？但好在她有一副好嗓子，长得也秀丽。她在戏院表演，日子勉强可以支撑。工作时，她总带着两个儿子。因此，戏院成了卓别林兄弟最熟悉的地方。

可是，有一天，汉娜的嗓子坏了。孤身一人抚养孩子令她身心俱疲。没日没夜的工作，终是毁掉了嗓子。当时，在舞台上，她的嗓音突然沙哑，继而无声。台下的观众一片嘘声，闹哄哄的羞辱之下，汉娜被赶下了舞台。她不得不中断表演。她哭了，在后台看着这一切的卓别林兄弟紧张又害怕。

还好，事情尚未坏到无可挽救的地步。无人知道，当时查理是哪里寻来的勇气，又或他的胆识和魄力本就是天性里的一部分，他突然跑上了舞台。他的出现令所有人措手不及。几乎在戏院长大的他，对母亲的表演耳熟能详。不管不顾，他便开口唱了。

也不知是什么时候，台下的乌烟瘴气和无休吵闹突然退去。全场鸦雀无声，都在听这个孩子唱歌。慢慢地，有人开始欢笑。慢慢地，有人开始吹口哨。慢慢地，有人开始鼓掌。最后，这个孩子又唱又跳，许多硬币被丢上了舞台，在他的身旁四散开来，如同烟花。

汉娜没有想到，年幼的儿子挽救了被自己毁掉的演出。这个孩子的表演令观众惊动，也令戏院上下刮目相看。等他下台，戏院经理跑来问他叫什么，他说："查尔斯。查尔斯·卓别林。"站在一旁的汉娜，看着这一幕，本应欣慰，可是心中分明只有无限心酸。这一年，他才 5 岁。

可是，汉娜的工作还是丢了。童年时代的查理备尝人世之艰苦。母子三人租住的小屋连房租都无法交付。在学校，穿着母亲演出服改做的衣裳让兄弟二人常常遭受讪笑、嘲讽和欺辱。母亲靠替人缝衣补裳赚取微薄家用。可是，远远不够。哥哥西德尼小小年纪上便要上街卖报。

那时，查理太小，什么也做不了。最后，母子三人只能住进兰伯思济贫院。兄弟两人也只能去汉威尔济贫学校读书。底层生活令幼小的查理尝尽世间疾苦。母亲的身体又变得不好，常常头痛，精神状态越来越差。母亲病重住院期间，卓别林兄弟被法院裁定要和父亲一起生活。

可是，和老查尔斯同居的女人对卓别林兄弟很不友善。流浪在外的父亲老查尔斯本是一名成功的哑剧演员，然而多年酗酒早已令他失去了表演诉求，生活并不宽裕。母亲的情况每有好转，便会出院，但终究回不到从前。两个少年在父母处来回徘徊，日子不得安稳。

二

1898 年，查理 9 岁。维持生计，依然是家中最大的难题。十几岁的哥哥早早地便出去工作。查理的生活成了问题。老查尔斯多年的表演经历给他在表演圈内积累了一些人脉。兰开夏剧团的经理威廉·杰克逊是他的朋友。在老查尔斯的斡旋之下，未满 10 岁的查理进入了兰开夏儿童剧团。

忽然之间，日子变得安稳起来。进入兰开夏儿童剧团，查理解决了吃住的事情。表演，成了少年查理谋以生存的途径。好在他十分热爱这门职业。不知是从父亲处继承的天赋，还是从母亲处积累的经验，在兰开夏期间，少年查理慢慢地体会到了表演带来的欢愉。

卓别林在片场

1901年，老查尔斯病逝。哥哥西德尼因工作出海在外。母亲的精神状况急剧恶化，最终只能长居精神病院疗养。忽然之间，查理无依无靠。等到西德尼出海归来，家中只剩兄弟二人相依为命。说到底，他们最擅长的事情还是表演。1903年，四处找寻表演机会的卓别林兄弟，加入了布莱克莫尔剧团。

日子终于开始好起来。

不久，西德尼被著名的弗雷德·卡诺哑剧团经理弗雷德·卡诺看中。可是查理没有被看中，他总是被人嫌弃年纪太小。西德尼放心不下查理。几番周旋，终于在西德尼的恳求之下，弗雷德·卡诺同意查理也进入剧团。谁能想到，数次表演下来，查理竟是剧团得到的掌声最多的人。哑剧，让查理成名。

弗雷德·卡诺哑剧团，成为查理人生的转折之处。他因为表演遇见了自己的初恋，海蒂·凯莉。海蒂比查理小4岁。可惜，世间初恋多半都是用来分手的。查理也不例外。当海蒂父母得知两人相恋，立刻强行逼迫二人分开。那一年，查理 19 岁。他也实在没有底气，争取自己的爱情。

只剩表演，慰藉一个少年残损的心。

1910 年，21 岁的查理跟随剧团，初次来到美国。此时，他在剧团当中的分量举足轻重。弗雷德不断给查理加薪，以激励他更加卖力地表演。从纽约开始，剧团先后又到加拿大、美国加利福尼亚州等地，进行为期 20 个星期的巡回表演。查理的表演得到了越来越多的肯定和关注。

彼时，卓别林兄弟二人的生活状况已不似当初困窘，两人都过得不错。日渐淡出表演的西德尼已在伦敦娶妻成家。只是，母亲仍然病重。演出结束回到伦敦的查理，与哥哥商量，一起把母亲送进了一家条件更好的私人医院疗养。安顿好母亲，查理终于可以心无旁骛地表演。

所有苦难，都应该被尊重。
所有幸福，都必须被珍藏。

1911 年，他再次来到美国演出。每个人的人生走向，仿佛都冥冥中自有安排。每一种挫折、困苦都会令你成为不一样的人。每一次相遇、相识都会令你开始一段新的旅程。这一次，查理得到了好莱坞基石喜剧公司导演麦克·森尼特的赏识。

1913 年 5 月，24 岁的查理来到了好莱坞，加入了基石喜剧公司。虽然电影刚刚兴起，处于默片时代，但是电影与哑剧有本质的不同。当时的电影都是几分钟或者十几分钟的短片，不但无须台词，甚至连剧本都没有。反正在基石喜剧公司，剧情都是一边拍摄一边拼凑起来的。

查理跟基石的合约规定，他必须无条件出演被分配到的任何一部电影中被指派的任何一个角色。他没有选择权，更不能为其他电影公司表演。这令查理一度举步维艰。所有的道路都是自己选择的。他只能在逆境当中求生。而这，不就是查理年轻的岁月里一直在做的事吗？

那日，在片场麦克随手招来查理，要拍摄他的第一部电影。一门艺术，当时看上去竟是那样随意、简陋、粗糙、没有创造力。查理不能拒绝。可是，他不想把自己热爱的表演变成廉价的胶片。他必须做点什么，让自己经年回首，可以心中坦然。

在化妆间，凌乱堆砌着的道具和服装五花八门，没有化妆师和造型师。打扮角色，成为查理唯一可以自主发挥的表演余地。在化妆间的几分钟，查理绞尽脑汁，每一秒钟，他都在为自己的表演殚精竭虑。时间一秒一秒过去，突然，他在那一堆道具和服装里看到了什么，他跑了过去……

当他走出化妆间时，片场的人震惊了。

只见，他留了一小撮胡子，戴着一顶破旧的圆顶礼帽，穿得莫名其妙。他上身的夹克格外窄小，下身的裤子却又极其肥大，还有一双左右穿反的特大号尖头鞋。而他手里那根竹杖，全然不明所以。可是，当他开始迈着外八字脚，一步一步朝麦克走去时，所有人都笑了，笑得那样开心。

查理·卓别林，从此诞生。

三

1914年2月，卓别林的处女作《谋生》上映，片长只有15分钟。可是，就这么短短的15分钟让美国人乐不可支。所有人都记住了这个极其滑稽的流浪汉一般造型的喜剧演员。短短几个月，卓别林的电影如雨后春笋一般展现在美国人的眼前。所有人都在发问：这个流浪汉，到底是谁？

当卓别林学会电影制作。

当卓别林名声日渐响亮。

当卓别林可以选择角色。

默片时代，将大不一样。1914年8月，他离开了基石。他说："森尼特先生是一个好人，我们是很好的朋友，但是公事公办。"即使对他的限制成了他精进表演的最大阻碍。他要写剧本，他要当导演，他要拍出更符合心性的艺术作品，他要从一个单纯的演员蜕变成一个电影创作者。

1915年2月，卓别林第一部自主创作的电影《他的新工作》大获成功。随后，他又推出了《夜游记》《假戏真情》等作品。当电影《流浪汉》上映之后，卓别林声名大噪。一夜之间，他成了万众瞩目的好莱坞喜剧巨星，连西德尼也来到卓别林的身边做他的经理人，助他一臂之力。

1918年，《从军记》《狗的生活》上映。
1921年，《寻子遇仙记》上映。
1925年，《淘金记》上映。
1928年，《马戏团》上映。

1921 ·《寻子遇仙记》

1928 ·《马戏团》

1931 ·《城市之光》

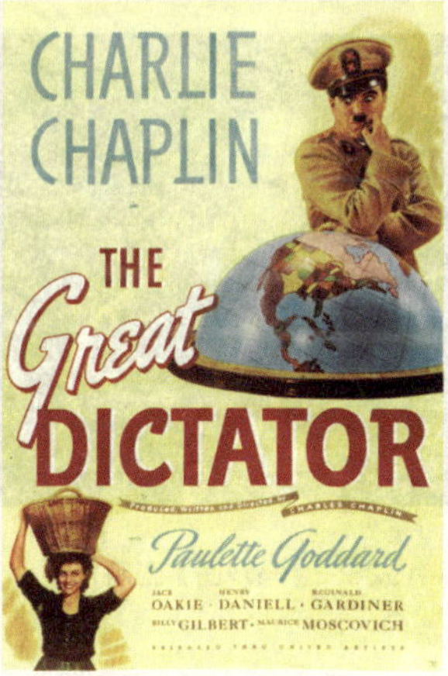

1940 ·《大独裁者》

1928 年 8 月，电影《马戏团》上映不久，卓别林的母亲便去世了，这令他伤心不已。假如没有当年日夜跟随母亲出没在戏院，也许便没有今日的卓别林。母亲一生都没有实现她的艺术理想。可是，他依然记得当年母亲的艺名，叫“莉莉·哈利”。母亲带着自己和哥哥苦中作乐的艰苦岁月，他终生难忘。

1931 年，《城市之光》上映。当时，卓别林已是好莱坞公认的喜剧大师。可 1930 年时，有声电影在好莱坞出现。这令卓别林对《城市之光》的前景十分担忧。然而上映之后，仅仅 12 个星期，这部电影便为卓别林赚了 40 万美元，成为当时卓别林最卖座的影片。

1928 ·《马戏团》剧照

1931 ·《城市之光》剧照

有人说："看完这部电影后，我再也无法入睡，就好像第一次看米开朗琪罗的《大卫》一样"。电影《城市之光》在欧洲公映时，卓别林赴欧宣传。他遇见了很多文艺名流，包括乔治·萧伯纳和赫伯特·乔治·威尔斯。他还特地拜访了那所见证了自己苦难童年的汉威尔济贫学校。

1936 年，《摩登时代》上映之后，卓别林息影两年。直到 1938 年，他收到朋友寄来的一本宣传册。当中，卓别林被纳粹党公然指责说"这个犹太小丑令人作呕，让人讨厌"。二战一触即发，卓别林却不畏不惧。1939 年，他拍摄了《大独裁者》，讽刺希特勒。1940 年，电影上映。

这一年，他已 51 岁，半生已过。

1936 ·《摩登时代》剧照

1940 ·《大独裁者》剧照

假如用两个词来概括卓别林的一生。那么，他前半生的关键词就是“电影”，后半生的关键词则叫“乌娜”。1943 年春天，卓别林遇见了乌娜·奥尼尔，一个被誉为“美国半个世纪的美”的 17 岁少女。她不仅美，还那么温柔、娴静、优雅，更是名门之后，真正的千金小姐。

乌娜的父亲尤金·奥尼尔是毕业于耶鲁大学的文学博士。他可是 1936 年诺贝尔文学奖的获得者。一部《天边外》让尤金·奥尼尔名扬天下。有其父必有其女，乌娜的容貌、气质无人能比。可是，卓别林已经不年轻了，他只比尤金·奥尼尔小一岁，是真正的父辈了。

可是，爱，从来就是一件不讲道理的事。

世间最难，就是你爱一个人时，那人也正好爱你。尤金·奥尼尔当然不大同意，可也不曾强烈反对。卓别林的运气是真的好，和他忘年恋的女子，是一个作家的女儿。还有什么人，能比一个作家更懂他们之间的感情呢？ 1943 年 6 月 16 日，终于年满 18 岁的乌娜嫁给了卓别林。

我的心就如同这张面孔，
一半纯白，一半阴影。
我可以选择给你看见，
也可以坚持不让你看见。

世界就像是个巨大的马戏团。
它让你兴奋，却让我惶恐。
因为我知道，散场后，
永远是有限温存，无限辛酸。

卓别林和丽塔·格雷
及他们的儿子

据说，这首诗是卓别林写给乌娜的。当真是美。不只是美，还有一些别的什么，罕见的、纯粹的、干净的东西，荡漾其中。“有限温存，无限辛酸”，说的不正是他的一生吗？卓别林，一共有过四段婚姻。每一段婚姻都很短暂，只有乌娜，从相识那一刻相伴到离开的那一天。

1918 年 10 月，卓别林与米尔德里德·哈利迪·凯莉结婚，两年后离婚。1924 年 11 月，他娶丽塔·格雷为妻，育有两个儿子：小查尔斯和西德尼·厄尔，3 年后离婚。1936 年，好莱坞女明星宝莲·高黛嫁给了卓别林，6 年后离婚。而乌娜和卓别林的婚姻，长达 34 年。

34 年里，乌娜为卓别林生了 8 个孩子：杰拉尔丁、迈克尔、约瑟芬、维多利亚、尤金、简、安妮特、克里斯托弗。加上丽塔·格雷与卓别林的两个儿子小查尔斯和西德尼·厄尔，卓别林的一生一共诞育了 10 个子女。看上去，他这一生，无论如何都算完满。

可是，苦难并未放过他。

四

1952年，电影《舞台生涯》上映。是年，9月17日，卓别林夫妇乘坐“伊丽莎白女王”号邮轮赴欧宣传。谁知，两日之后，卓别林便接到美国司法部长詹姆斯·麦克格雷纳里的通知，通知说他被禁止重返美国，理由是其政治身份可疑。

此事，缘起于1947年卓别林的黑色喜剧电影《凡尔杜先生》。电影讲述的是一个银行职员被经济危机逼成杀人犯的故事。电影上映之后，质疑声一片。很多人都觉得卓别林拿谋杀开玩笑，实属作风不正。更有甚者，开始粗暴地怀疑卓别林别有居心，甚至政治背景复杂不明。

一日一日，终酿成大祸。40多年了，他生活了40多年的美国，刹那之间，不能再回。还有什么能比流言更可怕的呢？阮玲玉会因流言而死，卓别林因流言而遭遇莫须有的政治迫害，也不足为奇。政治与艺术，从来毫无瓜葛，它也是艺术家们无法理解的领域。

1953年1月，卓别林定居瑞士。

在美丽的莱蒙湖畔，卓别林买了一座庄园。庄园很大，有37亩地。远离喧嚣，寂静安然。人老了，总是喜静。人少一点，热闹少一点，平和多一点，安宁多一点。乌娜在侧，儿孙满堂。院里种菜，湖边钓鱼，夜晚写诗，偶尔看一部老旧的电影或是读一本查尔斯·狄更斯。这就是他想要的老年生活。

为了卓别林，乌娜放弃了美国国籍。对乌娜来讲，世间所有，都不敌目下那一人重要。如果说有遗憾，那么卓别林的哥哥西德尼的离开，对他而言，是晚年生活里最大的缺失。1965年4月16日，西德尼病逝。

他的离开，犹如抽掉了卓别林的一根肋骨，成为毕生最痛。

1957 年，卓别林 68 岁。虽然隐居瑞士，但是他心中总还有些什么想要表达。于是，有了《纽约之王》。然而，这部电影在美国被禁播，直到 1976 年才解禁上映。1960 年，卓别林开始写作。写作期间，英国牛津大学还特地授予他“名誉文学博士”的头衔。

1964 年，卓别林《我的自传》出版。

1966 年，他完成了此生最后一部电影《香港女伯爵》。

1972 年，卓别林受邀访问美国。瞬间，各种荣誉来袭。奥斯卡组委会授予卓别林荣誉奖。美国人重新又开始追捧他。可这些迟到的爱赞，对一个 80 多岁尝尽人世沧桑的老人而言，哪里谈得上什么安慰呢？又或者，他那颗千锤百炼的心，早就无所谓往事之痛和今日之欢。人生如旅，走过，就忘了吧。

卓别林和乌娜的家庭生活照

卓别林与爱因斯坦

卓别林与沃尔特·迪士尼

还有谁，能像他一样，把痛苦酿成糖?

时隔 20 年，他终于回来看了看。

然而，也只是看了看。

看了看，便走了。

1992 年，小罗伯特·唐尼拍了卓别林的传记电影。钢铁侠让他红遍全球。可论表演，他很难再超越《卓别林》里的自己了。电影中，1972 年的奥斯卡颁奖典礼上，乌娜推着坐在轮椅中的卓别林到舞台入口时，她说了一句话，然后亲了亲卓别林，目送他离开。她说：“亲爱的，我只能陪你到这里了。”

1975 年 1 月 2 日，英国女王伊丽莎白二世封卓别林为爵士。此生，

卓别林晚年彩照

卓别林有过颠沛流离，有过忍辱偷生，有过百口莫辩，也有过荣誉等身。最重要的是，他有一个安稳的家，和一颗历经千疮百孔之后仍旧生机勃勃从未暗淡的心。

只是，他累了。

1977 年，平安夜。88 岁的卓别林躺在床上，身体已经老旧得不成样子。可这一天，他很高兴。楼下儿孙满堂，欢声笑语不断。时光缓而不急。有时，声音穿越而来，传入他的耳中。

那声音，既纯真，又干净。就像几十年前那个流浪汉的笑声一样。轻柔婉转，温暖悠扬，好似一首摇篮曲。

他听着听着就睡了。